当代著名作家美文自选集

# 守住蔷薇一季春

清菡 著

中国社会出版社
国家一级出版社・全国百佳图书出版单位

**图书在版编目（CIP）数据**

守住蔷薇一季春 / 清菡著．—北京：中国社会出版社，2019. 3

（当代著名作家美文自选集 / 凌翔主编）

ISBN 978-7-5087-6135-0

Ⅰ. ①守…　Ⅱ. ①清…　Ⅲ. ①散文集—中国—当代　Ⅳ. ①I267

中国版本图书馆 CIP 数据核字（2019）第 052061 号

---

**丛 书 名：** 当代著名作家美文自选集
**丛书主编：** 凌　翔
**书　　名：** 守住蔷薇一季春
**著　　者：** 清　菡

---

**出 版 人：** 浦善新
**终 审 人：** 王　前
**责任编辑：** 张　迟

---

**出版发行：** 中国社会出版社　**邮政编码：** 100032
**通联方式：** 北京市西城区二龙路甲 33 号
**电　　话：** 编辑室：（010）58124856
销售部：（010）58124848
**网　　址：** www. shcbs. com. cn
shcbs. mca. gov. cn
**经　　销：** 各地新华书店

中国社会出版社天猫旗舰店

---

**印刷装订：** 北京楠萍印刷有限公司
**开　　本：** 165mm×230mm　1/16
**印　　张：** 16. 25
**字　　数：** 230 千字
**版　　次：** 2019 年 5 月第 1 版
**印　　次：** 2019 年 5 月第 1 次印刷
**定　　价：** 49. 80 元

中国社会出版社微信公众号

# 序　言

见过荷，白像白，红像红，纤尘不染，有着通透的秉性，纯粹的风骨和素净的风情。只一眼，就爱上。就像爱上一个人，让人一见倾心。这小众，很容易让人生情。

故取笔名，清菡。

荷，出淤泥，却不被沾染；濯清涟，却也不妖不媚。不惧不忧，亭亭而立，却也有一种干净和力量。

烟火红尘，喧嚷世俗，能有多少人，如荷那样，心静如佛，举止似禅，守着心中的阳光，努力地开，开出自己的格局和气象？

这清水里举出的灯盏，清冽而透亮，时时有光，照过来。

自感不及，所以向往。取个名字，以沾净气。是心念，是提醒，也是警示。

荷，站在清池里，风轻云淡，波澜不惊，那么静，那么静。

静，“青”与“争”的组合，争清除了，便静了。清心寡欲，内心腾空，就是无限和广阔。那些烟火琐碎，就会气象万千；那些小情小意，就会莺歌燕舞；那些琐碎烟火的底色上，就会开出花来，就会映照出水汪汪的光泽。

静，也是关上和打开，是摒弃和坚守。静，是倾了爱的，守着一群小树成长；是尽了情的，让生活接近诗和清晨；也是用了力的，把每一天过成想要的样子；更是向美而行，迎阳而开。

眼里装有美，尘埃里也会开出花来；心存善念，世界便会温柔以待。

慢下来，再慢下来。别总是匆匆又匆匆，来日方长，何必那么急，那么赶。

慢下来，到生活里，去看世间百态；到自然里，去跟一株植物缠绵。或者到文字里，脚步去不了的，眼力达不到的，文字都会给你，那是生活的另一种表达和呈现，在那里，有善良、慈悲和智慧，在那里，你会遇到更美的自己。

慢下来了，有足够的时间，去感受、抒写和爱，当自己和阳光并肩而立时，心里是有花，在隐隐地开。

把自己打开，感受四季的诚意和爱，感受生活的热烈和澎湃。

把喧嚣关上，守着一池清波，荡自己的涟漪，开自己的花朵。

我爱着这笔名，爱着这俗世，就像爱着荷。为什么那么爱荷？大概更多的是，想让自己干净，且有从容的静气吧！

# 目 录

Contents


第一辑　最是日常动人处

向美而行 / 003

旧 / 007

别砸碎自己的青春 / 011

慢时光，暖浮生 / 015

孤独，是一袭华丽的袍 / 019

友谊，是尘世里的一抹香 / 023

宁静 / 027

最是日常动人处 / 030

清欢 / 034

一意孤行 / 038

不必追 / 042

故乡，我回不去了 / 046

阡陌 / 050

## 第二辑　守住蔷薇一季春

如果春天去看一个人 / 057

静美之秋 / 060

秋天，我和银杏去虚度 / 064

有暖，缓缓吹过 / 068

丰盈之夏 / 072

守住蔷薇一季春 / 076

教师节，花香满心 / 080

海棠花，开到荼蘼花事了 / 084

七夕，带着爱去 / 088

除夕夜，安静又温馨 / 092

岁月静好，你我安妥 / 095

五月槐香 / 099

## 第三辑　那些缱绻的时光

寻味官道巷 / 105

纵情 / 109

绝版的郎木寺小镇 / 113

圆梦小五台 / 117

呼市：粗犷亦温婉 / 121

能到山里走走，便好 / 125

惠山古镇 / 129

夏日，到山的褶皱里去 / 133

老牛湾 / 137

乘着火车去远方 / 141

孔宅，那些缱绻的时光 / 145

## 第四辑　从尘埃里开出花来

有这么一个老卓 / 151

从此繁花，一路盛开 / 155

不带走一片云彩 / 159

小绿 / 163

罂粟花一样的女人 / 167

为了梦中的橄榄树 / 171

从尘埃里开出花来 / 175

潘帅 / 179

父亲，为我竖起了路标 / 182

爷爷，用烧酒腌制寂寞 / 186

茵陈又绿时 / 191

我就是那个给你托底的人 / 194

幸福，悬在窗口 / 197

## 第五辑　忽而有了温度

樱灿醉三月 / 203

忽而有了温度 / 207

金光拨雾来 / 210

笼中的画眉 / 214

冬里，麻雀在匍匐守望 / 218

蛇，惊悚亦妖娆 / 222

蓝天里的悬挂 / 227

紫燕，剪春风 / 231

水暖，鸭先知 / 235

蝉声，蝉声 / 239

乌鸦，乡村的符号 / 243

荷不辜负 / 247

## 第一辑

# 最是日常动人处

# 向美而行

向美而行。

极喜这几个字，有一种动态美和阔朗感。那美，就挂在前方，给你太阳一样的照亮。更是一场庞大的诱惑，让你无法抵挡。

那么，就向美而行吧！

它需要你拿出春天的温度、夏天的热情以及冬天的冷静。路上，无论荆棘，无论坦途，都是成长和淬炼，都是风情和抵达。

美是什么？是清晨的露水、海中的浪花，是脑里纷飞的梦想、心中汹涌的欲念，也是三毛的浪迹天涯、木心的孤独守望，还是广场里大妈的舞动、香樟树下大爷的闲适……

院子里的那棵小树，含蓄克制，总是一副病歪歪的样子。我以为它不会长成什么气候。可是，春天一来，它居然打上了朵，没几日便开出了花，倒也开成了自己的格局和气象。它向上向阳，跟春天一样。那单薄的花瓣里有美在暗流涌动，有力在蓬勃迸发。

我一下楼，就撞见了这日暖暖的春，这黄灿灿的花。这样的撞见，让我感到有光照来。连日来，因血糖持续不下，我的心里已阴霾重重，此时，被它们一照，心里亮堂了好多。是要迈开步子，到处走走，让那些淤积化开、分散和消失。

说到散步，我就想起了小禅。“喜欢在风中散步，走得很快，可以听到风掠过耳际，不是我，而是风。”其实，我们都有过这样的体会，可写不出她那样美的句子。那种美要呈现，单凭感觉是不可以的，要有文字的积淀，心里还要有耽美。

小禅，从美走向美，一直行走在文字的路上。

我曾看见楼上的大妈，穿了惊红骇绿，手里拿把扇子，向着小区的大门走去。她看到我，热情地跟我打招呼："王老师，你也跟我去跳舞吧。"我对着她笑了笑，心里说，早着呢！她连看我的笑都来不及，就急匆匆地走了，身后跟着一股风。她那么急，为了去赶一场舞。岁已苍暮，又怕什么？心里装着美，就是二十岁。

这让我想起了杨丽萍，五十九岁了，像二十几岁，一把小蛮腰，两条细长臂，舞起来，像抽取了骨头一般软，真正是要把人袭倒——看一眼，要销魂；再看一眼，就沉陷。美能保持到老，要自律、要克制，要大把大把地流汗呀。为了舞蹈，为了美，她连孩子都不生。我听到后，心里一阵凉。可又一想，没有她对美的义无反顾，那舞台就少了锦上花了。

想来，这向美而行，也是一场自我的较量、砥砺和克制。

这时，有琴声响起，是从楼上窗户里飘来的。准是那个小女孩在练琴，长年累月，不间断，还是那首曲子。大热天，小区的阿姨大妈在树下乘凉，听到曲子，看一眼窗户，然后摇摇头说，这大热天的，真是受罪。但今天听来，不那么刺耳了，甚至感觉它就是像模像样的琴曲了。心里想着要把它弹成美，就要弹成美，哪怕是付出日日的功力呢！

出门就是菜市场，春光泻下来，满街流。光里，我又看到了那个开杂货店的女人，她正忙着给顾客拿东西。她店铺的窗台上，常年花开，冬天开在里面，夏天开在外面。茉莉、杜鹃、仙客来、三角梅……交替轮流地开。她寡居多年，一个人带着两个孩子，靠了小店来维持生计，可是还没忘记美，忘记爱美。

还有钉鞋的老李，这会儿闲下来了。正端了一杯茶，大口地喝，我走过他跟前时，听到了他有点抒情的满足。然后，坐在门前的躺椅上，看来来往往的人和急匆匆走着的时光。旁边卖烤肉的小刘夫妇打趣说，看你，神仙似的。他呵呵一笑，说，神仙！忙时能赚个糊口钱，闲时图个逍遥，他觉得那就是美了。日复一日，就这么过来了。这又何尝不是向美而行？

看到两个熟悉的身影在不远处，是楼上结婚不久的小两口，男的正把羊肉串往女的嘴里送，女的吃了一口，就又往男的嘴里送，你一口我一口，全然忽略了周围的人。女的看到我时，我正看着他们，女的脸唰地红了。我的脸也红了。这小两口，昨天还吵得不可开交，隔着地板我都能听到噼里啪啦摔东西的声音，女的哭着嚷嚷说要离婚。转眼之间，说好就好了，还蜜似的。

看到那一瞬时，你还相信婚姻是爱情的坟墓吗？他们的幸福，还长着呢。

有家长在微信里晒出自己孩子干活的画面。那个男孩子，在擦玻璃，又弯腰，又哈气，动作是笨拙了些，但那种认真劲儿还是令人感动的。独生子女，这认真里有懂得、感恩和成长。就像这些小花小草，懂得阳光的滋润，拼了命地去长，是要长成春天的样子的。

期末考试前，我监考，受凉，开始吐，稀里哗啦，学生急忙帮我收拾。晚上，就收到了短信，一条又一条，小大人似的，又是叮咛我多喝水，又是叮咛我少看手机。他们这种向美而行，多像春天一样，有着温度和欣欣向荣的气象啊！长大也许就是一夜之间的事。

春天一来，父亲多年的关节炎也缓了下来，待到桃花挂满枝头时，那些疼痛的爪牙，该要都收敛回去了吧。想到这里，我就更加喜欢这热起来的天了。

我还是一贯地爱着美，爱着美好的事物。还会斜斜地梳一根麻花辫，松松地搭在前面，再缀一朵素素淡淡的头花，头花还会不停地更换。还会穿棉麻衣裙，还会时不时地给自己买一束鲜花。天热了，还会跟刘老师去拍照。

也还会不计得失地爱着阅读，写着文字。看我的那群孩子埋头写作文，也很美。

“为美而献身比为面包而活着要幸福得多。”我记住了爱默生的话。

我也记住了卢梭的话：“从我们心中夺走了对美的爱，也就夺走了生活的全部魅力。”

人生，总是要一场一场地奔赴的，那就出发吧，向着美！

# 旧

喜欢旧。

旧，像这眼下的秋，又厚重又苍茫。旧了，还将旧下去，一日胜似一日。像极了往深处走着的秋。有熟透了的味道，自带光阴、暮气和城府。

如那压在镜框下的旧照片，旧得满是时间的苔藓、光阴的味道了，就连那边缘都被潮气洇湿了，可生生不愿把它弃掉。那是介质，可瞬间把你唤醒，往事就那么汹涌而来，那些沉在岁月深处的片段，立刻就活了过来。

不能取下来，不能的，它们是记载、留存和念想。

母亲的扣箱，有了年头，上了岁数，漆皮斑驳，颜色也被光阴冲淡了，可依然摆放在堂屋最显眼的地方，母亲一遍遍地擦拭，就是舍不得扔掉。母亲年轻时的模样从那漆面上时时照过来。时光真快啊！在箱子的一开一合中，母亲就这么老了。

一箱子都是旧光阴啊：印染花布包裹、掉了漆皮的梳妆盒、压在箱底的旧衣，还有母亲的体温、气息和曾经的故事。那么一瞬，我突然明白了这口箱子对母亲的意义。母亲喜欢的哪里是箱子，分明就是她的经年旧事嘛。人越老越喜欢怀旧。

我也不例外。虽然我还不到靠抱着老箱子在怀念里过完余生的年龄。

一本旧书《红楼梦》，纸质发黄，书边也上卷，一打开，扑面而来的都是光阴的味道啊，又潮湿又霉气。墨香在光阴里发酵后的味道，在纸张书页里弥漫、遍布和荡漾。这味道，带我瞬间抵达——我第一次接触文学的喜悦、激动和忘我。

对喜欢的旧衣也情有独钟。是一件棉麻旧衣，白色阔腿裤，小吊带，外面搭一件开衫。棉麻的亲肤、自然的风情、飘逸的气质，本真而又小众，脱俗而又不隔云端，这恰恰的表达，刚刚的好，是我所爱，我所喜。十几年了，不下架，每年穿着它，在夏风里走过。夏风轻轻吹，它旧了，而我也老了。

即使是买新衣，也喜欢旧牌子，老店。固定地穿那几个牌子，固定的那几家老店。恋旧的情怀总是那么顽固，时间久了，店主人都知道我的喜好和品位，有新进的款式，恰恰又觉与我相配，便电话招呼一声，我急急赶去，像赴一场约，它就等在那里，像失散多年的老友，见面都是惊喜和沉醉啊！

旧物，是光阴的聚集与沉淀，也是往事的缠绵与散发。只要你不弃，它便不离，多么忠诚的陪伴和深情啊！

去每一座城市，我都要找那些老街和古镇。

青砖灰瓦、镂空木窗、青石板街巷，还有巷道里以时间的速度攀爬的青苔，木质的小桥，潺潺的小溪，溪边浣衣的江南女子，都带着寡寡的表情、素朴的自然和满脸的暮气，落在眼里，随便哪里，都是一幅古画。这时，如果你恰恰穿了粗朴的布衣，着了绣花的布鞋，坐在青石板的台阶上，仰了头，看那斜斜照下来的阳光，是与这风景契合的，那感觉，又古老又时尚，又现实又穿越。

回太谷的时候，是要到那条老巷子里走一遭的。逼仄的巷道、砖铺的地面，来来往往的人流，浓稠的烟火，街道两旁一家挨一家的商铺。

终于看到了，街边的那家面皮店，还在。还是那个女人，老了，脸上水色少了，皱纹多了，两鬓有白发在隐隐生起，可眼睛里驻满风轻云淡和平静安详。生意一贯地好，味道还是老味道。她不记得我，我却没忘记她。她眼睛的底片上曾摄下我三年的青春细节哦。

这条街道，还保持着明清味道。每次走进，都有一盏灯挂在记忆的窗口，时时有温暖照过来，带着薄凉的风情和厚重的质感。

友，也是旧的好。

能称其为友的，不是这点上相似，就是那点上重合，所以，他们的身上或多或少都有我的影子，明亮或者暗淡、光泽或者污点。从青丝到白发，从稚气到成熟，春的执拗、夏的莽撞、秋的凝练，一步一步，他们都替我记录、保存和收藏。

见到他们，我高兴，那曾经的味道、熟悉的气息就都又活了过来；见不到他们，我就制造机会，让见到。他们和我一样迫切。对于想见的人，机会总是有的。当那些旧时光漫漶出柔柔暖意时，疲劳减了许多，心情也好了许多，静下来了，一颗心。生活的暗夜里就又亮出灯盏。

前些时日，旧院邻居家的孩子结婚，邻居单单为这些老邻居设宴，一院子的人，围坐一起，话匣子“哗啦”一声打开，噼里啪啦的热烈、久未谋面的惊喜、稀里哗啦的感叹，带着失而复得的愉悦。断掉的过去，瞬间连接上，大家谈论小院的温馨，回忆在大柳树下织毛衣的情景、在公用水房里洗碗的细节……还感叹那个扎着羊角辫的小女孩，如今已楚楚动人了。那一火车一火车的话哦，几天几夜也说不完！

席已罢，可人迟迟不肯散去。那是一坛老酒啊，盖子一旦被启，那沁人的酒香是要飘啊飘的；也是一款陈年普洱，经水一冲，那些经年的风霜都聚在杯里漾啊漾。

离散的是人，离不散的是情。旧，经情一点，就有燃烧起来的热度。

旧人好，旧情也好。

陆游与前妻唐婉，人虽离，情未断。你王氏天天在眼前，也抵不上一个在心里的唐婉啊！十年后，郁郁寡欢的陆游于沈园遇唐婉，悲喜交加，把所有的痛和思念都凝聚在一首词上了：

红酥手，黄藤酒，满城春色宫墙柳。东风恶，欢情薄，一怀愁绪，几年离索。错，错，错！春如旧，人空瘦，泪痕红浥鲛绡透。桃花落，闲池阁，山盟虽在，锦书难托。莫，莫，莫！

情，在旧的土壤上，生长着枝蔓，依着时间的经脉，在茁壮，攀爬……

对于文字，我也是一味地喜欢当初的喜欢：李清照、雪小禅。清冽的风骨、独特的表达，总是带给我坚不可摧的爱恋和一往情深的愉悦。那是光，给我精神上的照亮。

# 别砸碎自己的青春

青春，是希望，刚起头，有着美好的憧憬、迷人的诱惑和未知的悬念；青春，是清泉，一眼能望到底子，不染半丝尘杂，又通透又干净。

青春真美！所以，没有了青春的人，常常会说，时光真快，也真无情啊，它拿走了我们的青春，还有好多。

青春，是一截奋不顾身的蜡烛，有着撞到南墙不回头的莽撞、冲天的豪气和一意孤行的决绝。明明知道前面是万丈悬崖，也要跳，九头牛也拉不回来。泼出去的水，失去的仅仅是一盆水。可青春碎了呢，就是一堆渣子了。

过于任性的青春，是悔，是殇，也是断肠的那一声声叹息。

李平，我曾经的学生。顽劣，调皮，逃课，上网吧。不断变化着的游戏所向披靡，掩盖了老师父母的苦口婆心。他心智青涩的心里，那根叛逆的藤粗壮，茂盛，蓬勃，有着坚不可摧的力量。游戏是裹着糖衣的炮弹，是专门用来袭击青春的，而这群孩子，又偏偏喜欢糖。

网瘾潜入他毫无抵御能力的身体，他着了魔！不惜荒废学业，不惜透支身体，不惜搭上整个的青春。在游戏面前什么都不顾了，一颗心，在刺激和虚拟里渐渐迷失。横平竖直的危害看不见了，学校的丰富多彩也看不见了，什么都看不见了。一条道要走到黑。走到黑。

这病态的青春，呼呼呼，荒草一样地疯长。

又鲜亮又蓬勃的青春哦，就那样“扑通”一声碎了，碎成了一堆渣子。

十年后，我遇到他。在一个水果摊上：三十多岁的他，像四十多岁，一脸沧桑里，写满生活的不易和艰辛，他的手又黑又粗糙，大拇指上还裂着口子，向外渗着血。不是他叫我王老师，我怎么也想不到会是他。说话底气明显地弱了，目光里的锐气也都没了。当年的豪气、力量和顽劣，都去哪里了？很多时候，生活就是最好的教科书。

他看出了我的惊愕，一脸愧疚地说："当初，我怎么就听不进您一句话呢？"

时光难倒流，人生无再少。后悔能怎样，悔青肠子又有什么用？当初，那么多手要拉他，他却把手，把整个身体，还有人生都给了游戏。世界上，不是所有的新鲜，都会带来春暖花开。也不是所有的刺激，都能带来永久的快感。

青春是光鲜蓬勃的年龄，也是迷茫决绝的年龄，本应迎着朝阳走路，却要一意孤行，另辟蹊径。着了魔一样地向着"好奇"奔跑，他们哪里能看到，一场虎视眈眈的阴谋，早已蓄谋已久。跳，跳下去，要不怎么知道深浅？可出来后，你还是原来的那个你吗？

有人说："青春是一场仓促的远行，稍有不慎，就会在梦想与堕落的边缘，迈出错误的脚步。"

琼瑶，我青春里最闪亮的名字。她最会编故事，编那些阳春白雪、风花雪月的故事。那些故事，像长在云片上的花纹，有着迷醉人的光泽，明明知道，那是生活之外的虚构，可还是要看，爱不释手地看，义无反顾地看，不分轻重地看。那时，我的世界里，这个名字，和这个名字创作的小说，漫天飞扬。

可现在，我不再看琼瑶小说了，早就不看了。我不敢说它是毒品，害了我，只能说自己意志的薄弱和不堪一击。

因为它，我中考落榜。

七月里，我坐在田间地头，蝉在聒噪地叫着，尖锐而凛冽。太阳白花花地照在地面，也照在我身上，炙烤着一颗懊悔而撕裂的心。抬头就看到了一只鸟从我头顶飞过，它那么自由，天空又那么广阔。那一瞬，我告诉自己，要做这样的一只鸟，离开这里。

好在，那时初中能复读。好在，青春还没碎成一地渣子。可那道裂缝，是伤疤，在记忆里有着扼腕的痛心。那一声声撕心裂肺的叹息，隔着光阴，还那么响亮。

好险啊！好险！多亏！一切还来得及，要不……那省略了的何止是六个点那样轻描淡写：初中文化，家庭妇女……我真不敢再往下想了。

我曾读过这样一段话："怎样开始记叙一个故事，青春是开头，又是结尾，而我们付出整个青春只换来了一个过程。"

我不是否定故事，而是疼痛代价。为了一个没有结果的过程，付出了整个的青春：耗了精力，荒了学业，失了好多奋斗的快感。甚至陷进去，世界里只有她，只有她了。为她可以不吃饭，可以不睡觉，衣带渐宽也不悔，只要她一声召唤，就急急奔了过去，在所谓洪水一样的爱情里，自顾自地兴奋着、惆怅着和摧残着。大好的青春哦，就那样一点点地被耗干。

傻，真傻！傻得有点可爱，有点可笑，也有点纯粹。

青涩的年龄，最易受玫瑰花艳丽和芳香的蛊惑，可怎么就忘了，那花瓣下面还藏着尖尖的刺呢。

春天的风是展不开旗帜的，它不是一个谈情说爱的季节，它的温度达不到爱情应有的热烈、辨识和责任。

你看，结在树上的苹果，饱满的青里透着微微的红，看着好诱人，便急急去摘，急急送往嘴里，可又苦又涩，还酸，哪里有苹果的味道？

你再看，飞蛾扇动着薄翼，一下一下，那么费力，奋不顾身地扑向火苗，“刺啦”一声，它搭上了宝贵的生命。它中了一个光艳的圈套，误入一场致命的诱惑。

爱情本身没有错，错就错在时间的提前。十三四岁，一掐一泡水的年龄，多嫩啊！单纯的心智怎么能维持永久的热情？又怎么能预料太多的变数会把最初修改？把大好的青春就那样都给了所谓的爱情，等醒悟时，学业早已荒废，青春也变成了一堆渣子。

真羡慕青春，有着蓬勃的力量，健康的体魄，通透的激情和不染尘杂的心。

青春，是用来奋斗的！只有奋斗的青春才向阳、向上，也向美。

去好好读书吧！为了自己将来有更多的选择，为了自己将来体面而有尊严地活着，也为了自己的精神光洁明亮。

千万别把自己的青春砸碎！千万！

# 慢时光，暖浮生

慢，是杨柳风，是牛毛雨；也是蓝天上闲步的轻云、夕阳里柔和的光线。一副舒缓、迷醉了的样子，等你走近了，好享受。

喜欢慢。不用着急，不用赶，它用生动的细节呈现过程，有足够的耐心稀释时间。有慢做了底色，那些埋在生活内核里的好，会一点点地浮上来，浮上来。到最后，是花枝春满、芬芳沁人了。

慢，是你走在大街上，看到树上的花，能走近嗅一嗅；看到天空的鸟，能仰头望一望。走累了，在椅子上坐一会儿，看来来往往的人，或者什么也不看，就坐着，晒晒太阳，发发呆。然后，沿街，继续走。

午后的公园里。大妈跳广场舞、大叔打太极拳，黄昏的光线，用迷醉的神色对万物进行爱的表达。慢下来，就可以听到声音了，轻音乐一样地在空气里流淌，缱绻而又温暖，安稳而又袅娜。那一刻，生活都是软的了。

清晨的书房。我沏一杯茶，捧一本书，在安静里坐下来读。绿萝发着翠而亮的光泽，时间在我的耳际轻轻游走。慢下来，可以看到世界了，它们正从文字里，画卷一样地展开：人间百态、江河万里，月明风清、雾霭山岚，又烟火又辽阔，又朦胧又真切。

慢，也在课堂上。我有足够的耐心去倾听坑坑洼洼的背诵，会用不厌其烦的话语重复一遍又一遍的讲解：写一件事，要控制好节奏，慢下来，再慢下来，细节要雕琢，画面要有代入感。教育需要慢，需要等，更需要爱。爱，也需要慢。急不得，急了，就是揠苗助长。

慢，不是纵容懒，也不是懈怠工作，而在心，一颗波澜不惊的心，一颗处变不惊的心。慢的过程，都有被放大的美好；慢的人，身上都自带从容和淡定。

张岱湖心亭看雪是慢的，那慢条斯理的气息遍布整个湖心亭。小舟。雾凇。炉火。人鸟声俱绝。天与云与山与水，上下一白。张岱，拥毳衣，带炉火，坐湖心亭，看雪。静谧的背景、素白的美，还有骨子里渗出来的闲适清淡的气质，是有着禅一样的安凉和华美的。

读雪小禅的生活，能读出一种慢。那种慢是日常里的奢华，是琐碎里的井然。她一觉睡到自然醒，拖着拖鞋，披一身慵懒，把那些个瓶瓶罐罐擦一遍，把那些个花花草草看一遭，然后，铺展纸，研好墨，用小楷在宣纸上，一笔一画，慢慢腾腾地写字。累了，伸伸胳膊，展展腰，跟那些花花草草交流一下彼此的气息，倾吐一下彼此的心声。或者把自己放进太阳里，晒。我隔着距离，都看到她眼里的柔光，还有闲逸的风情了。

老树画画是慢的，他画里的那个穿古衣的人多淡定，多慢。画里的每一笔都浸着慢光阴：那个高个男人，要么扛着一枝花从山里归来；要么抱着一棵树看天上的星宿，要么就是借风翻书、煮雨烹茶……他的目光里全是日月悠长，山河无恙。他，是老树安在画里的一尊佛，透着超脱尘世的安详与寂寥。

古人，是慢的。

你看，那些深闺里的女子，梳洗罢，就坐下来绣，一针一线里都落满光阴。那慢里，有女子的心思、灵秀，还有萌动的春心和对未知的憧憬。如果是绣给意中人呢，那一定是要把思念和爱一并绣了进去的。一并。

给学生讲李商隐的《无题》，人的心是容易疼的，那些疼的丝线缠绕在一起，勒在心上。为那份痴痴的思，为那份苦苦的念。想一个人，是要把人瘦成黄花，耗成干柴的：到死丝方尽，成灰泪始干。因为远，见不到；写了信，也寄不出，可，还想，怎么办？那就只能托“青鸟殷勤为探看”了。我不知道这青鸟长什么样儿，可，她知道，古代的她们都知道。

更让人心碎的是那盼夫归的女子，太阳一起，她便起，梳洗罢，倚栏望，可偏偏过尽千帆皆不是。再加上斜晖脉脉、水悠悠，再加孤寂的白蘋洲，还有什么比这更凉的呢？摸摸，连空气都凉了。凉了。

慢，落在爱情里，才真正叫人愁肠百断、蚀骨销魂呢。可这一慢，倒也有了忠诚的见证。

我喜欢从前的老屋，它是以慢的姿态珍藏光阴和往事的。

看它斑驳的墙面、落满燕声的屋檐、老朽的木门，还有木门上挂着的那把铁锁，都密集着光阴，像本古书，蹲居在时间里，等着人去翻阅。

屋子里住着慢。油灯摇曳着母亲纳鞋底的身影，炕上有父亲就着咸菜喝烧酒的滋滋声，还有弟妹熟睡中的梦呓，更有大年夜，一家人，坐炕上，守着十二寸的小电视，一边看黑白片的春晚，一边包饺子。那光阴，真慢，那味道也好悠长。那味道，是单调里的繁华，是清淡里的芳香，温暖而又迷醉。

院子里的那棵枣树下也有慢。爷爷拿了蒲扇，给我驱赶蚊蝇，我呢，躺在树影里，不说话，只静静地看着天空和月光。朦胧里，能听到爷爷有一搭没一搭地抽旱烟的吧嗒吧嗒声，那些烟星子，萤火虫一样一闪一灭。那光阴，真慢！慢得像一首古韵，那些韵味在老枣树下铺了一地呢！

在老院子走一圈，低头颔首都能看到慢：闲置的簸箕、箩筐、铁锄、木锨，老朽的缝纫机、失了盖的风箱，还有门口的那个石碾。这么多慢，院子都盛不下了。好在，老院子还在，它为我珍藏了这么多往事。

这样的时候容易让人想起木心的诗：“从前的日子变得慢/车，马，邮件都慢/一生只够爱一个人。”

可，不知什么时候，这些慢，都变成了快：走路快，说话快，做事快，快！太快了！走路变成了汽车，书写变成了敲字……就连云也不停下歇歇脚，风也跑得快了，生活，像陀螺，停不下了。停不下来了。

是停不下来的，但，能慢下来。最慢的光阴在心里。心慢了，生活就会慢下来。

是该慢下来了，先前我们走得太快。

在琐碎烟火里，我偷得几缕慢光阴，用文字，绣时光的花，在慢光阴里，暖浮生。

# 孤独，是一袭华丽的袍

暮霭低垂，夜就要下来，有薄雾从脚底升起，有鸟收敛羽毛在枝头守望，天像一块黑色的幕布盖下来。四周静下来，静下来，只能听见夜的湿气浸润万物的声音、风吹过庄稼叶片的声音，还有我的烦躁在一点点散发的声音。

那一刻，我置身其中，独自一人。居然没有一丝恐惧，内心却是无比舒展、平静和雀跃。我就是山上的一株草，在清风里婆娑；或者是停驻在枝头的那只鸟，在孤独中守望；还或者是脚下的那条溪，在月夜里吟唱……那感觉，多么美！又孤独又自足，又清冷又繁华 。

很多的时候，我更喜欢山里：原始、自然和真实。呼呼的风吹起衣裙，发起舞了，心也跟着舞了。一颗被关久了的心，是更渴望飞翔的。那时，孤独就是翅膀。

孤独是一袭华丽的袍，那华丽藏于素简之下，埋于寂静之中。孤独，便是那寂静中绽放的花朵，不需要回应和听众，只一个人默默开放。

孤独是一个人的，一个人，必须是一个人，才能更彻底，更通透，也更狂野。什么都没有了，什么都听不见了，只有内心和内心的私语，只有心灵与心灵的交流。这样的时候，更容易看清、放逐和抵达。

一个人，能与自己娓娓而谈时，那孤独也将变得妩媚了。

孤独，是寒冬里飘扬的雪花，透着清冽的光泽；是寒风中倔强的枯枝，立着傲人的风骨；也是冬天挂在枯枝上的那一颗两颗的红枣。

你看那天空里的云朵，闲庭漫步、波澜不惊，时而如游丝，时而似花朵，就那么随心所欲地飘在空中。那闲里，有清澈的孤独和坦荡的心胸。

再看那冬天里的枣树上，一颗两颗的红枣，小灯笼一般地亮在枝头，多么诱人的笑靥！多么醒目的孤独！但清冷里有春在孕育，有暖在闪烁。红里，都是美好的遐想和明亮的盼头啊。

漫天的雪花，从天而降，带着冷冷的质感，天地间，只有白和自己了。山、天、风，一切都静止了，只有雪在飘，在表达，又洒脱又素美。我的目光经过它们风情的舞姿，经过它们深情的眼眸，那里有清绝的孤独，高贵而圣洁，会袭击你。

寒风里傲然挺立的枯枝：清瘦、孤独而又克制。那夏日里的茂盛和热烈，都消散了，只留下匕首似的干枝，清冽地与狂风抗争。那铮铮的风骨，像一颗坚守信念的不屈灵魂。我听到，有昂扬的歌在唱响，有奋斗的号在吹奏。每次路过它们，我都要站一站，以示敬仰。那清绝的孤独里，是有着汹涌的力量和排山倒海的气势的，内心某些东西容易被唤醒，或催生。

“在冬天的荒野里，在肃杀杀的寒风里，那些枯枝上的鸟巢，挂在树梢上，看着岌岌可危，无限孤单，但又具有饱满的坚挺的力量。”这是雪小禅笔下的鸟巢，又疏离又具风华，这孤独，要把小禅羡慕死了，恨不能自己就是那鸟巢，挂在那高高的树枝上，又坚挺又风华绝代。

“大雪三日，湖中人鸟声俱绝。余挐一小舟，拥毳衣炉火，独往湖心亭看雪。”张岱是孤独的，这孤独是脱离了俗气的热闹和烟火的喧嚣，一个清高的灵魂，放在这白茫茫的纯净里，更有一种傲然于世的力量和美感。

“孤独不是在山上而是在街上，不在一个人里面而在许多人中间。”三木清说。

人，如果没有可以交流的眼神，没有可以倾听的耳朵，没有一个灵魂与一个灵魂的共频，即使你周围车水马龙，人山人海，那也是孤独的，那种孤独会让你压抑、难过和窒息。

这样的时候，张爱玲选择了疏离。几次搬家，为的是逃离人群和世俗。关上门，一头扎进文字里，在墨香里把孤独织成一件华丽的袍，那袍里裹着一颗清绝高傲的灵魂。有时，孤独是孕育灵感的温床。

张爱玲不食人间烟火，自然有着丰厚的文字来果腹，那么我们呢？当它来时，该以怎样的线来织这孤独的袍？

我们一样可以把它织成一件华丽、高贵而又清绝的袍。

那就去找一个心灵契合者吧！把自己彻底地打开，她会默默地听，你笑，她会同你一起笑；你哭，她会给把肩膀靠过来。她懂你！懂是沟通最短的桥梁。或者，你和她，什么都不要说，只一眼，就已经是千言万语了，待一个下午或者一会儿，也好。

懂，是火，会使孤独的坚冰成水，那水上有五彩的光泽，在闪啊闪。

但，更多的时候，是你有满腔的话，却找不到一个听众，连一个也没有。这时，孤独就像你捂在怀里的种子，瞬间就千朵万朵挂心头了。它折磨你呀，要折磨死你了。

那就去接近草木吧！世界上没有一个人可以随时听你倾诉，但草木可以。它们多忠诚呀！在原地等你。风儿轻轻吹，叶儿低低语，那种湿漉漉的私密和温度，会让你绝处逢生，会让你瞬间与孤独和解。孤独明明刚才还是长着怪刺的仙人掌，瞬间就开出千朵万朵的花来了。

或者，在静谧里打开书，听从文字的召唤，精神得以喂养，精神的土壤一片春光，又蓬勃又妖娆。这缕孤独的藤蔓，缠绕在文字上，在心的念上留下的都是逶迤的路径啊。

实在不想做，那就什么也不要做了。就坐在窗前，沏杯清茶，把眼睛向窗外看，远一些，再远一些：那里是山峦，是烟黛，是雾霭，也是一幅挂在天庭里的画呀。那朦胧的美感和远意，会袭击你。你看到，那空白的心上，有孤独在跳着华丽的舞。

人孤独并不可怕，怕的是精神上的孤独。

当一个人，能把孤独织成一件华丽的袍时，精神上一定高悬着一盏明亮的灯。

# 友谊，是尘世里的一抹香

昨日，闺密说要来我在的城市培训。欣喜。

想见的人，就是一团暖，你时时想着要去靠近。那感觉，像极了从窗外不经意间，飘进来的一缕花香，又沁心又入肺。人与人，如果气息一致，就容易建立磁场，再远，也会彼此相吸。

你看，牡丹盛开是五月，荷花是六月，而梅要在凛冽里才能尽显风骨。想来，这百花也是有秉性的，要有相对应的季节的浓烈，方可有花枝招展的心情，来绽放。

你再看，牛毛细雨是要落在春里，倾盆大雨则在夏日，而雪花也只有在冬的僵硬里才能妖娆。显然，雨雪对冷暖也是有自我的辨识的。

友谊之花的开放，对土壤也是有选择的。

在时间的长河里，有人走远，有人留下，有人仅仅是路过。

留下的就变成了花，散发着一些香，映衬着一些温暖的回忆、清澈的明媚，还有一些自知的浓度。这些花，开在理解、包容和关爱的土壤上，也许视线上并不艳丽，但落在感觉上，偏偏又是极舒服的。

这舒服，是青山与绿水的相互映衬，是蓝天与白云的和谐，也是淡淡月色下袅娜而来的缕缕清风。人与人之间，如果失却了这舒服，再浓重的情，也会变成沉甸甸的负担。有这舒服，友情，才能透出光泽，又温暖又清澈，召唤你，去靠近。

在这光泽里，能彼此照见，彼此温暖。这是友谊的缱绻和极致。

我贪恋这样能把自己全部打开的友谊。不设防，倾了心，情深而浓郁，可以随便穿彼此的衣，也可以分享彼此的喜忧和私密。我落泪了，有人会默默递给我一张面纸；我快乐了，有人会陪着我一起笑。不需要天天腻在一起，偶尔缠绵一下，日子便也能透出莹莹的光泽。

这来自闺密的香气，缕缕的，淡淡的，扑面而又暖心。那花容也清纯素朴，如清少纳言《枕草子》里描写的蔷薇花一般“偶遇着久雨初晴，在夕阳微明之下，那姿色就更美了”，是有被水洗过的清澈和明丽的。

这样的闺密，无须多，一两个足矣。

坐在院子里的厅下，抬头就看到了那棵槐树，又庞大又茂盛，七年前它还是弱不禁风的小树苗，岁月的滋养在它身上发生着化学反应。而那片菜地里的豆角，攀附了竹竿，不几日就噌噌噌地蹿出一人多高。可，随着季节的深入，这豆角藤蔓是要枯萎的，或者抽去了竹竿，这豆角也就无依可缘，会匍匐而下，要重新选择目标了。

这是自然留给我们的隐喻。

夏洛蒂·勃朗特是最早的领悟者，她说：“像橡树般一寸寸成长起来的友情，要比像瓜蔓般突然蹿起来的友情更为可靠。”

想来，这友情带了功利和目的，是要与势利缠绕在一起了，浑浊之中，自然少了水的清澈和明净。浑浊的东西，在时间的暴晒下，是会很快变干的。友谊，不是梯子，可用来登天；也不是桥，可用来过河；更不是大树，可用来乘凉。

友谊，当镜子照，最好，能照到各自的美好和污点。或者，当书来读，也好，只要用了心，是能舔舐到藏在深处的蜜的。

“友情是散落四处的点点温馨。平时想起一座城市，先会想起一些风景，到最后，必然只想这座城市里的朋友。”

余秋雨说的极是。一些城市，你记住了它的名字，是因为某个人。你分明没有去过，可却又是那么熟悉。你甚至能感受它的气息和温度。一个人身上是有着他所在城市的气息的。

前些时日，收到了她寄来的诗集，随诗集寄来的还有一串挂件，颗颗珠子排列成穗，晶莹剔透，让人容易想起她玻璃一样透亮的心。她说，这小挂件配了你那款包，恰好。果然，恰好。这不曾谋面的友情，被挂在网上，是缥缈了些，可分明又存在。

这纯粹的遇见，因了文字，因了秉性，也因了彼此的信任。看着这带着她温度的书和挂件，心里有花在隐隐地开。是春天里的栀子花，又素白又洁净。想来，一些东西是可以突破友谊的界限的，天涯也如咫尺。

写到这里时，有香隔着屏幕，在一缕一缕地，飘过来。

抬头间就看到了从窗户里射来的光线，强烈而盛大，明明刚才阴云密布，大雨倾盆，可雨说停就停了，太阳说出就出来了。有时友谊，就如这太阳一样，突如其来。明明是两条平行线，就突然地相交，就在交点处开出花来，还带着一缕一缕的清香。

学校高中部的刘老师，说看了我的文字，说要给我拍照，我们不熟，我爱美，欣然并感动。后来开始拍，一组又一组，一次又一次，每一次她开车拉我去，选场地，对镜头，不厌其烦。我心里过意不去，说感谢，说要请她吃饭，她说给我拍照的过程，她也在享受。我是俗气了些，怕要污了这喜欢的背景。

我庆幸，生活里有这样清澈的遇见，这样干净的友谊。它除了给我留下美的瞬间，更多的是让我感受到了一份对生活的热度，对美独特的领悟。一个人的慈悲和格局，也是一种照亮，那光线，又盛大又温暖。

友谊，是两个人的事，或者是几个人的事，要彼此用力，共同呵护，才能开出灿灿的花，散出幽幽的香。

遇到相一致的气息，不要把自己关上，打开，你就能从逼仄里看到阔大，看到艳阳天，看到春暖花开。

相处，不要有负担，舒服，你就能有顺畅的呼吸、温湿的滋润，以及所带来的快意。

其实，只要我们带了一颗心去，友谊总会像午后的暖阳一样，旖旎而来。

时光和经历是一把筛子，那保留下来的谷粒，饱满而晶亮，我们当好好珍惜。

友谊，是人生路上的一件珍宝，拥有它，我们的生命才熠熠生辉；友谊，是尘世里的一抹芳香，嗅着它，我们的生活才丰盈妖娆。

# 宁 静

宁静，是风烟俱净、天山共色的和谐，是云卷云舒、风轻云淡的闲适。是淡淡月色下女子轻轻拨动琴弦，是烟雾缭绕中禅师默默诵读经书。

空山幽谷，一只鸟衔着花香，在树端上停驻，是宁静；夕阳暮霭，一棵草披着素淡，在清风里婆娑，是宁静。

宁，多像一个人，在伞下静静地等另一个人，然后，一起散步，看夕阳，看晚霞，看天一点点黑下去。所有的浓烈，曾经的纷繁，终究是一声一声地散了去。人再怎样风华绝代，再怎样叱咤显赫，在经历百转千回后，最后都要被“宁静”两字吸纳。

王维《饭覆釜山僧》中有两句诗：“一悟寂为乐，此生闲有余。”极喜这两句，透着一种旷世的寂寥、萧散的闲逸。那乐是寂寂的，是繁华的，在盛大的铺张里，一颗经历喧嚣后宁静下来的心，又淡泊又清澈，又闲静又舒适。

古人中，最静当数陶渊明了。这个素简的人，把喧嚣挡在心外，隐在山里，像一株草，饮清露，沐暖阳，自顾自地活着。观着山岚暮霭、享着清风明月，随意自在。管他外面怎样兵荒马乱，怎样动荡不安，我只顾躬身种我的菜，喝我的茶。不热络人情世故，不缠绕钩心斗角，只关心天地之物，日月冷暖。

能做到“结庐在人境，而无车马喧”的人，一定是心远了。一颗远了的心，一定是又宁静又淡泊的。一颗清澈如镜的心，是能照见一颗孤寂而决裂的灵魂的。

元代画家倪瓒，是宁静的，他的画也是宁静的。你看，他的画里只有山水没有人，甚至拒绝色彩，更不要说题字和印章了。一个清高孤傲的人，即使内心是一团火，也要宁静地燃烧；即便是燃烧，散发的也是寂寂的气质、孤绝的味道。

一颗禅透了的心，是寂静的。知道了日本的白隐禅师，记住了他的话："就是这样么？"白隐禅师住所附近住着一漂亮女子，不久女子肚子大了，父母追问，女子说是白隐的，女子父母怒不可遏，找他理论，他却淡淡一句："就是这样么？"孩子降临后，姑娘父母把孩子丢给他养，他背着骂名，也不辩解，只悉心照料孩子。一年后，那姑娘不忍心，说出了真相，孩子不是白隐的，并把孩子抱回。白隐禅师也并不恼，只是淡淡地说："就是这样么？"

人到了一定的境界，心里是无怒的。要做到无怒，多不易，要经过多少的隐忍和按捺呀！

看那枝荷，守着自己的那片水域，在粼粼波光下，在轻轻柔波里，默默开放，不艳丽，却因为静，有了干净和力量。

再看那株绿植，也并不惦记浮华，不艳羡色彩，在清风里，在月光下，自顾自地铺陈绿意，那绿意，宁静，却有浓稠的热烈和汹涌的力量。

感谢这样的遇见，让浮躁的念安稳，让不甘的心平淡。

俗世里，我只想在喧嚣里，腾空心，装一阕宁静，在文字里，用我恰到好处的热度和深情，去感悟生命之美好、日月之绚烂。

在日常的轨道上，我不打破秩序，就站到教室里，静静地讲课，静静地读课文，静静地看着孩子们成长，静静地来度日月。这样的恬淡和宁静里，也自有一份愉悦和自足。

就这样坚守一份宁静，在草地上，坐一坐，听听风吹过发梢的声音，看看远处的山岚暮霭，抱着满怀清脆的鸟鸣。这样的时候，内心会有一条溪，在唱清脆的歌。

宁静，是寂寞，也是一种灵魂的独立，不依附外界，不攀缘高枝，不妄，也不卑。

经历许多，人的欲望就会冷却下来，面对名利，人也失去了本来就多余的热情。人心，渐渐，宁静了。在这样的年龄，欣喜有这样的宁静相伴。

其实，爱情到了一定的年龄，也是宁静的。

年轻时，他跟哪个漂亮女人说一句话，嫉妒的火焰就会在她的心中霍霍燃烧，即便是他多看了哪个女人一眼，她都会觉得眼里落入了沙子，硌得难受。也见，他和她为了第三者，曾经吵得天翻地覆、声势浩大。就是在外跟我们吃饭时，也放心不下，电话会一个接一个，遥控着。可那天吃饭，她却不打电话了，我甚感疑惑，就问："今天怎么不手机遥控了？"她只淡淡一笑，说："他爱怎么就怎么吧，懒得管了！"

其实，爱情到了最后，都风平浪静了。你见过哪个满头白发的女人会为了爱情又哭又闹、寻死觅活的？那是年轻人的事了，都过去了。

至老，那些浓烈的往事，都被时间打磨成珠，变成彼此的释怀和宁静的厮守。不再争了，也不再吵了，都没什么意思了，只要你健康地坐在身边。然后，相依相偎，遥看夕阳慢慢落、慢慢落……

爱情经过时间的漂洗，已经没有了颜色；爱情经过光阴的冲淡，已经没有了热度。宁静，是爱情最后的样子，是婚姻的纹理，也是彼此的照应。

就想着，有这样一间木房，爬满蔷薇，和你坐在院子里，看书，喝茶，聊天，然后，宁静着，和你一起，慢慢变老……

# 最是日常动人处

日常，像日出日落，像花开花谢，像火车在轨道上跑，停不下来地跑；像水向东流，一直向东流。

常，带着一成不变的顽固，还有不能随意更改的气息。什么跟常一搭边，就会俗，就会重复，就会寡而无味。日常，很烟火，很琐碎。然，这恒久的庸常里自有一份安稳在，也自有一份动人在。

再风华绝代、轰轰烈烈的人，也逃不过一日三餐。

而一些美好，一些动人之处，如花般，在世俗烟火里开，不惊不乍地开，倒也开出了一些可爱，一些暖意，一些妖娆。

动人之处落在家里，是丝丝入扣的好，抬头颔首之间，随意就能入眼、润心。

晨起，光洒了一屋子，窗台上的百合也散发着幽幽的芳香。她做早餐，他洗漱，她看看表，匆匆扒拉两口饭，就急急往外赶，刚出门，他的话就撵上来——又忘带手机了！随即，手机就被塞到她手里。一个动作，一句话，她的心里早已花枝春满。

厨房里。她洗菜，他和面。火苗舔着锅底，水嗤嗤响，锅碗瓢盆，叮叮当当，油烟热气，纷纷扬扬。一曲生活的交响乐，在空气里氤氲、蔓延。那情景，既忙碌又和谐，既日常又动人。

晚间沙发上，她看书，偶尔会心一笑；他看电视，动辄哈哈大笑。各做各的，自乐自的，互不干涉，彼此尊重。桌上茶水的清香，漫遍了一屋子。此时，一句话都显多余了。

闲下来的时间，各种洗，各种晒。她站在阳光里，像一株植物一朵花，伸伸懒腰，舒舒臂，晒晒自己。也看看远处，听听鸟鸣，蹲下身体，探出头，和外面的空气交换一下气息。

一碗面，红的绿的白的，各种色。一双筷子，左一下，右一下，翻动，搅拌。一瓣大蒜，在嘴里嗤嗤啦啦，有声有色。

一锅粥，大枣青豆小米，黏黏稠稠；几碟小菜，萝卜黄瓜酸菜，清爽可口。吃一口小菜，喝几口粥，既消磨又安稳，既粗劣又精致。

屋子里有了烟火，就有了人气。

再惊涛骇浪的甜言，也抵不上和你安稳地过每一天。

那些风轻云淡的一日三餐，那些波澜不惊的琐碎细节，看似无味，却也有趣；看似平淡，却也缱绻。

我迷恋这样的动人之处，就像迷恋自己的一件旧裙。旧了，却也舍不得扔掉，某一日，拿它跟一件小开衫相搭，又一日，拿它与一件长衫来配，各有千秋，风情尽显。日常的动人开在眼眸，更开在心。

这动人，是陌上花的素颜，是街上匆匆走着的身影，是公园里舞动的大妈，是小商贩高一声低一声的叫卖，也是早起卖油条大妈的举手投足，和挂在脸上的微笑。

年岁大了，越来越喜人气兴盛的地方。

我穿了棉麻，披了发，裹一身的晨曦，在菜市场上走走逛逛。看着那些鲜红快绿，看着那些葱白豆黄，一顿饭在头脑里盘算，立刻有了形。走在人群里，耳畔是喧嚣，眼里是烟火，每一步都踩在琐碎上，接着地气，一颗心，落在踏实里，又安稳又饱满。

没事了，就去逛逛商场，从一条街到另一条街，从一个商店到另一个商店。遇上合心中意的，就一件件试，一条条穿。总觉，赏心的衣，像是梦中的情人，在那里苦苦等，巴巴望，只等着相见的刹那惊鸿。新衣穿身上，心情大好，阳光也亮了许多。

再好高骛远的理想，也抵不过吃穿的恒久。

有人说，你每天上课下课地重复，每天和一帮叽叽喳喳的孩子在一起，劳神又费力，就不嫌烦？

我说，不嫌呢，不嫌。

孩子们身上有好多的美，比如纯洁，比如天真，比如一颗通透而闪亮的心，比如一些跳跃的青春和金子般的善良。跟他们在一起，我会被带动，会被感染。有人说我看起来比实际年龄小了许多，问我讨教保养秘诀，我说，我有一拨又一拨的孩子呢。

那些开在天真里的日月，是光亮的，是纯洁的，也是动人的。

我讲课，他们的心领神会是动人的；我批改作业，作业的整整齐齐是动人的；她上课吐了一地，大家不嫌脏，七手八脚帮忙，是动人的；他家庭困难，大家纷纷解囊，慷慨相助，是动人的……这动人往教室一落，教室也活色生香，也气象万千。

每节课前，讲桌上都有一杯水，茶不多不少，刚刚好。那个看似粗枝大叶的男孩，却如此心细。这细心，动人，也暖人。

她拿着一页书签，走到我面前，怯生生地说：老师，给你！我旅游时买的。你爱看书。

这日常，干净、纯粹，是阳光与花朵的和谐，是给与得的呼应，有着栀子花一样的气息，荷一样的洁净。

最能把日常写成日常的，我觉得当数《红楼梦》了，吟诗赋词那么高雅的事，也都能落在餐桌上，落在日常里。那日月想必也有了诗的韵味了。

“你的裙子配的颜色不对，并不是红上衣不好看，各种颜色都是好看的，红上衣要配红裙子，不然就是黑裙子，咖啡色的就不行了；这两种颜色放在一起很浑浊……”

这是鲁迅在评价萧红的衣着。我不太喜欢鲁迅，总觉他太冷太硬，相比而言，我还是更喜欢烟火里的他，用闲闲的语调，说碎碎的话，谈穿衣，说日常。

浓烈惊艳，那是给别人看的，细水长流的日常，更暖心。

花再美，总有败的时候；草再鲜，总有枯的季节。而日常挂在光阴里，掉不下来。那些动人之处，像天宇间的光线，夜里眨着眼，白天闪着光。

动人之处，日常为最。

# 清　欢

清欢，是不紧不慢的欢，是不艳不俗的乐。是清风在叶片上走，是薄云在天庭里游。

清欢，是一种骨子里的性情，灵魂上的素白。

一个人，如果连欢都风轻云淡，都波澜不惊，那他的心里一定是装进了天空，也一定是住进了大海。

不是谁的心里，都能结出“不以物喜，不以己悲”的阔达；也不是谁的思想上，都能开出“无意苦争春，一任群芳妒”的低调。

清欢，两个字，不喜吵，也不喜闹。它是开在深山僻静处的花，低垂着的花，有着自然的风情和素朴的气质。

清欢，两个字，是陶渊明最先说出的。陶渊明得太守送酒，多以春秫水杂投之，曰：少湮清欢数日。

陶渊明是能把这两个字嚼出香来的，这两个字，是陶渊明养在日常里的一朵菊。他弃官隐居，采菊东篱，饮露沐日，用了无争来喂养灵魂。心上开出了一份清清浅浅的欢，也开出了一份悠悠然然的乐。那欢，想必是鸟衔在嘴里的歌声，是风漫步在草上的姿影，也是花上滚动着的露珠，草上弥漫着的月光。是淡的、清的，也是素的、雅的。

苏轼也是能把这两个字吃出味道，嚼出意境来的人。苏子在“细雨斜风作小寒”的三月，携友来到西子湖畔，疏柳、淡烟、媚晴滩，还有知心好友，促膝而坐，来两杯雪花盈杯的小酒，就着蓼菜、茼蒿、新笋。真是美得不要不要了。苏子情不自禁地叹道：人间有味是清欢！

情不自禁了！这清欢，把人间的味道都聚集和收纳了。

昨日给学生讲《高山流水》，突然就想到了“清欢”二字，这伯牙端坐琴前，周围是鸟语花香、山岚雾霭，清风流水，他手指一捻，心随曲动，念跟乐走，那醉了的神色，那忘我的姿势，一定有清欢落在他的心弦上了。那清欢，是云对天空的迷恋，是花对大地的钟情，也是他对琴曲的一往情深。那清欢，那么素淡，又那么亮丽。

伯牙鼓琴，钟子期必得之。这琴声有了知音，就会尽显妖娆，满露风骨。这是伯牙的清欢，何尝不是钟子期的快乐？

李白“举杯邀明月，对影成三人”，自饮自酌，亦步亦舞，也该有清欢吧？那清欢也该是月一样浅，夜一样深的。

读宋词，尤喜那做女红的深闺女子。缱绻午后，时光慢下来，慢得能听到花开的声音，深闺女子，拿了绣线，捏了针，凝神低眉，一针一线，细细绣，绣美好，绣心事，也把温柔绣了进去。女子眼睛里是柔光，眉宇间是温婉。她不用操心三餐，也不用打理烟火，只管绣。那清欢是暖的，是美的，也是醉的。

春里，散在草丛里的蒲公英是清欢的。

你看它个头那么矮，身姿那么纤，花朵呢，那么小不说，还松松散散，经不住风吹，一吹，就散。蝴蝶蜜蜂都势利，一个劲地追着赶着地往桃花上沾，絮絮不止跟梨花去表白。它们，不争不恼，努力做好自己。独自清欢，如此，才不负了这春光。

这清欢里，有着慢下来的细节和光阴，像微风翻古书，一掀一落里有一份不动声色的安宁与平和，有一份随意与自足。

最好的清欢是安静，因为先前的烟火太吵了。

去乌金山寺庙，见两位年轻的尼姑，灰色僧袍、黑色布鞋，不施粉黛，不蓄发。禅坐在佛像前，凝神闭目，嘴里念着经书，声音低而含糊，我一个字都没听懂，只被一种空灵孤寂、清淡宁静的气息包围。我经过那些禅意时，屏气敛声，以示敬意。

这么年轻就选择佛门，一切还没来得及品尝，就都给了寺庙，走过她们时，我心里一声叹息。过后，我顿悟：寺庙里有她们的清欢。又素又干净的清。上好的欢。

老树的心里也养着清欢。一池的清欢。他的所有画作里都弥漫，遍布。你看，那个穿长衫、着布鞋的男子，要么"抱着一棵花树，看看天上月光"，要么"不问红尘破事，独自播种秋田"，要么"彼此只谈风月，时事不便多言"。这样的古人，心里一定是自足和清欢的。哪怕是吃粗粮，饮清露，穿素衣呢。

看到这些画的时候，我就想走到画里，跟他面对面坐着，喝杯茶，聊会儿天，那心情也是清欢的了。那幅画，也如月了，有光，就那样清凌凌地，照过来。

这清欢，也会落在一颗远离闹市的心上。

雪小禅，身居闹市，可心自远。心远了，就静了。她躲在古意里，醉在文字里，身边是一堆瓶瓶罐罐、花花草草。她呢，煨在墨香里，读书，写字，用文字腌制时间，她愿做，她欢，清淡的欢，素简的乐。

我喜这清欢，就像喜那些湿润的气息，清浅的光阴一样。

下午，我喜去迎宾广场。那时的夕阳最温婉，每条光线都是爱的表达，都是深情的呢喃。既缠绵又缱绻，既慵懒又迷醉。我坐在长椅上，享受这黄昏的细软绵长，享受这夕阳的柔情蜜意。心是清的，也是欢的。

也看到那边的大爷用了扫帚一般的毛笔，蘸了水，在地上写字。右手写了一会儿，换了左手；左手写累了，又换右手。不看人，不说话，就写字。旁若无人地写字。就想，那一笔一画里，自有说不出的清欢。

世故的土壤里开不出清欢，喧嚣的器皿里也养不活清欢。但身处闹市，心远了，也自有一份清欢在。

年岁往深里去，心却向宽里走。遇宠，不大喜；见悲，不挂心。就连想念一个人也都是慢的，清的，浅的了。

白雪烹茶，微风翻书，用温火煨一壶自己的慢光阴，在光阴里，看花、读书、写字……

这，是清欢。

# 一意孤行

一意孤行，四个字，绑一块，是执拗；拆开来，还是执拗。那是十头牛也拉不回来的定力，那是撞了南墙也不回头的决绝。

一意孤行，我从没觉得它是一个贬义词。相反，它是认定了方向的执着，它是有了目标的坚持。当然，这方向不能偏，这目标也不能邪恶。

一意孤行，注定是一个人的孤独。

所有人都走了，你还在；最后连往事也走了，你还在。当霜染两鬓，时光的尘落满双眼，你仍然有一颗初心。一颗初心，跃着绿，闪着粉，还是一副春天的样子。不忘初心，方得始终。初心，不由分说，拉着你，山一程，水一程，一路风，一路走。一意孤行地走，一直走到光阴的深处，一直走到你走不动为止。

一个人的孤独，一个灵魂的狂欢。一个人的自舞自蹁跹，一个灵魂的独喜独妖娆。那其中甘苦、个中滋味，只有你知。你知。

一朵花，开了，一意孤行地开，停都停不下来，因为遇到最美的季节；一股风，吹来，一意孤行地向前，喊都喊不住，因为前面有更美的风景。

能使一个男人一意孤行的，除非是梦想。除非。

“好的画家一定要一意孤行的！”徐悲鸿是这样告诉他的弟子的。

画画就是开在徐悲鸿生命里的一朵罂粟，无论哪个季节都招摇，都荼蘼，都不管不顾。也像他笔下的马，永远是抬着前蹄，昂着头，一副正奔跑的姿势，一股要穿透纸背的力量。停不下来地奔跑，是艺术给了他力量，让他兴奋，让他一条道走到黑，一口气画到老。

他画马，画人，画山，画水，也画自己。从春一直画到冬，从小一直画到老，直到手再也无力握住笔，直到笔再也画不出马。但他的心里住着马，住着一城池的马。他生命结束了，马接替他活着，一意孤行地活着，奔跑着。

有时，我想，如果徐悲鸿不一意孤行地行走，那么他的艺术王国里会挂满珍珠，结满硕果吗？那八匹马还能扬眉吐气在画史里吗？

艺术家都有一种与生俱来的偏执。这偏执养活了他们，也成就了他们。

张德智，立志要把人画活，他就画人。画自己，画家人，画亲戚，画朋友，画亲戚的亲戚，画朋友的朋友，他叫这为“以画养画”。他画着，画着，不断地画着，一直画着，没有停下来。在他快乐的王国里，他就是国王，随心所欲，任意东西。他自掏腰包，印了他的画，遇上喜欢画的朋友就送。画册上写着：

画，再画，还要画，永远画……

小孩子一样任性，接近天真的执拗。那口气像一个小孩子在跟母亲撒娇，那画就是喂养他的乳房，饱满而芬芳。他要一意孤行下去的，现实羁绊不住，冷水也浇不灭。一颗心，在画里燃烧了：单枪匹马自建工作室，单枪匹马在画布上写意……

画吧，画吧！愿意画，谁能管得住？画就是他的另一种语言。他要表达，谁又能阻止？

一意孤行走下去，才能看到深处的内涵；一意孤行登上去，才能领略山巅的辽阔。

一片飘落的树叶，雨来了，跟着雨落；风来了，随着风舞；没有立场的墙头草，风刮到东，它就跟到东，风吹到西，它就倒向西。没了筋骨的落叶，缺少了一意孤行的硬度；没了立场的墙头草，缺少了一意孤行的气质。

鸟在空中飞，那空中一定有它迷恋的广阔；鱼在水里游，那水里一定有它沉醉的气息。

对一件事只有迷恋到一定程度，沉醉到一定地步，才会一意孤行的。

让一个女人一意孤行的，多半是爱情。多半。

“凤兮凤兮归故乡，遨游四海求其凰。时未遇兮无所将，何悟今兮升斯堂！有艳淑女在闺房，室迩人遐毒我肠。何缘交颈为鸳鸯……”司马相如在卓家的表白，大胆而热烈，直率而真诚。让躲在帘后的卓文君怦然心动，刹那惊鸿。在爱情面前，她什么都不要了，只要跟着他，一意孤行地跟着他。私奔，是结在一意孤行上的辉煌，是闪在决裂上的壮举。

林黛玉，明明知道跟贾宝玉没结果，明明知道她跟他隔着山，隔着水，却还爱着，一意孤行地爱着。只把自己折磨得弱不禁风，连喘带咳，变成一股烟了，即使是烟，也要缭绕在有他的空气里。是一意孤行把她杀了。

马拉因自己的妓女身份，怕玷污了罗伊，所以一意孤行，魂断蓝桥，以死的方式守护爱情的纯洁。是一意孤行把她杀了。

露丝在船上遇到了爱情。什么都不要了：少奶奶身份不要了，富贵生活不要了。就要杰克，就要爱情。一意孤行，跟着这个穷画家去私奔。

男人之中，最痴情，最一意孤行的，要数沈从文了。他追张兆和，情书一封又一封，甜言一堆又一堆。那力量是蓬勃的，是肆意的，也是饱满的，如六月的阳光，像夏天的雨水，也像停不下来的清风。

“我日里望着，晚上做梦，总梦到生着翅膀，向上飞举。向上飞去，便看到许多星子，都成为你的眼睛了。”

这些滚烫的话，终于把张兆和融化了；这些一意孤行的举动，终于让张兆和软下了。

“他这不顾一切的爱，感动了我，使我因拒绝他而难过。”

多么执着，多么坚定。如海浪，似磐石，也像一只飞不倦的鸟。再坚硬的心也会软了下来，再冻结的感情也会复苏起来。

如果你喜欢的事情，你迷恋的东西，方向没有偏，目标也不邪恶，那就做下去，一意孤行地做下去，不要停下来。不要。

不停下，就会别有洞天。

# 不必追

只几年光阴，院子里那棵孱弱的小树，就已是夏天的模样了。

在树前，我曾牵了丫头的手散步，而今，她已变成树上的那只鸟，扑扇着翅膀飞到更广阔的遥远，只有稀稀疏疏的回忆在枝上，摇啊摇。在一棵树前，我们都回不去了。

夏了，临近期末，一场忙碌过后，我就静待她回到我身边的美好。可今日，她打来电话说，她不回来，要报班复习考雅思。一颗急切的心穿过失望的窗，就要变成阻止的话纷纷扬扬了，可莫名地，话就拐了弯，对着手机说了另一些话。末了，告诉自己说：不必追。

还是不追吧！

谁能挡住一双要飞翔的翅膀？谁又能阻止一个深思熟虑的决定？

“所谓父女母子一场，只不过意味着，你和他的缘分就是今生今世不断在目送他的背影渐行渐远。你站立在小路的这一端，看着他逐渐消失在小路转弯的地方，而且，他用背影默默地告诉你：不必追。”

唯此时，对龙应台的这段话有入骨的同感和难以诉说的失落。一些温馨的细节就那么不可阻挡地唰唰唰长出来，像夏天白花花的光线一样强烈，而每一处都有她的气息，又浓重又盛大，又稠密又黏人，我站在这气息里，想她的样子，想她的笑，也想她偶尔的凌厉和刁蛮，然后，摇摇头说，就这样吧。

其实，如果不这样的话也并不好。如果，她是你的影子跟着你，寸步不离，你永远体会不到放飞时那瞬间的轻松和愉悦，一颗心也不会有安落的光明。不是所有的守候都能迎来春暖花开，也不是所有的陪伴都会让人安妥。

丫头已长大，而我还不曾老，这是这个夏最好的清凉剂。两条线，既然不能在夏里相交，那就做射线，向着各自的光亮处延伸吧。

这样的时候，就姑且给自己一个安慰吧：你能飞多高就飞多高，你能飞多远就飞多远，反正那根线已系在我心上，攥在我手里了，紧得很呢。

你看，昨天这里还明明是一墙的蔷薇花，密密匝匝，灼灼艳艳，可春一落幕，它们也就随了去。

你再看，学校的静心潭，前一些时日还是满池的流动，荡漾着涟漪，粼粼着波光，每一个褶皱里都蓄着满满的温情呢，可河底说塌陷就塌陷了，水说干就干了。

前几日，回到我初登讲台的学校，我四下里找寻昔日的气息，那些熟悉的也都变得陌生，那些陌生的已跟我隔了千山万水了，那个站在讲台上二十岁的丫头呢？讲台下那群天真纯朴的面容呢？时光碎了，可记忆还饱满透亮。抬头，就看到对面的山，还有山上稠密的绿植，山还是那座山，可谁又能保证那些绿植还是当初的那些呢？

那么，这眼前热烈的夏，还有抒情的蝉声，谁又能留得住呢？唯盼，春去春又回，夏尽夏再来。

夏不在了，不必追。秋会给你庄重和内涵，冬也会给你素简和骨力，在春里，你会体会到万物初醒之美，天地润朗之好。

青春不再，不必追。我们可以用色彩把心染成春天，心是春天，生命就会处于勃发之状。白发里散着秋的豁达和安详，皱纹中叠着冬的内涵和力量，沧桑下包裹着一颗禅透而安稳了的灵魂。时光淬炼后的敦厚，也好。陈年普洱和千年老树不是更有气场吗？

感谢季节，让我们看到不一样的风景；感谢生命，让我们体悟到不一样的美好。

荣华富奢，名利权贵，也不必刻意去追。

也见过一些人为名利官场所累，整日周旋，倒是练就了一副察言观色、八面玲珑的本领，水一样软魅，风一样善变。可累垮了身，熬焦了心，暮气也早早地爬上了生命的藤。再多的钱，再多的荣耀，生不带来，死不带去的，够，便好。有那些个心思，不如养养花，看看景。人生除了奋斗，还是要留一些，来享受。

再繁华的季节也会凋零，再风光的舞台也会谢幕。有人就偏偏受不住巅峰之后的低谷、门庭若市后的冷寂。在失落和惆怅里，很快凋零。懂得取舍，明白进退，心里装着天空，生命的质量才会飙升。当繁华不再，告诉自己，不必追。

其实，爱情不在了，也不必追。

小禅说："缘分这东西是定数，来无形去无影。来了无意阻挡，散了落花流水。有缘且珍惜，无缘莫停留。不强求是境界，慈悲为修为。"

说得多好！爱情是两个人的事，需要两个人的热度，一个人凉了，只留一个人，是连空气也焐不热的，又怎么能焐热一颗石头一样的心呢？不如拿了这满腔的情，来爱自己，更好。

你不再爱了，我还在原地痴痴地等，傻傻地望，只怕望得花儿都谢了，也盼不来春天。一棵树没有了，不是还有一片树林吗？一朵花谢了，不是还有满园的花海吗？何必要在一棵树上就把人吊死呢？

世界上的金岳霖不就一个？

与金岳霖相比，我倒是更喜欢梁思成，不是喜欢他这个人，喜欢的是他对爱情的态度。你林徽因在，我就爱；你不在了，我还爱。后半生抱着回忆取暖是多么虚幻，遇到了别人，而我又恰恰喜欢，为什么还要一个人？

我曾经爱，你的四月天；我曾经爱，你灿灿的笑响；也曾经爱，你纤纤的手指，白白的牙。有这就足够，足够。所有的爱情到头来，都是一场烟花，一场雨，谁又能抵挡住光阴的凉意？

站在夏里，我感受夏的丰盈和富奢，感受夏的热烈和浓度，生命的美好从光线里透着光亮，一切都那么诱人！失去对周围的温度和感知，那才可怕呢。对于距离，对于远去，对于曾经，告诉自己，不必追。

当下，最美！

# 故乡，我回不去了

我站在家乡的汾河岸边，隔着几十年的光阴看河，河还是那条河，变了的是岸上的风景，还有岸上的那个人。面对汾河，我和岸上的风景，都是过客。

因为有往事做了背景，在它宽大而敦厚的河床上，依稀能看到那个梳着羊角辫的丫头，赤了脚，凝了神，玩泥巴。夕阳的光线照下来，衬着她红扑扑的脸和一颗天真无邪的心。金子般的童年啊，映在水面上，波光粼粼的，闪啊闪。

那铃铛一样的笑声，隔着光阴，就那样从河面上飘过来，等不得我仔细分辨时，就已经被风带走了。心里是真切的，可还是缥缈了些，毕竟，我与它已经隔了千山万水了。

那条通向汾河的阡陌，弯弯曲曲，从我的记忆里伸出来：两边的庄稼透着稠密而私密的气息，清凉的晚风拂过发髻，吹起一阵一阵的蛙声，几只鸟在树上孤独守望，夕阳像妈妈摊了好久的煎饼，已经凉了下来。我们几个小伙伴，挎着菜筐，走在乡间的小路上，脚下，露水打湿了鞋子；身旁，是风划过庄稼叶子的沙沙声。站在阡陌上，回望，往事已背对我，远去。

往昔，往昔，处处是醉人的旧光阴啊！就像唐诗宋词，隔了厚的时间，依旧璀璨蛊惑。也像玉镯，因了胳膊的滋养，越发晶莹剔透。

村口的那块石头，像涂了一层油，亮着。三奶坐在石头上，戴了老花镜，捏了针，在绣鞋垫，线序密麻麻，针脚匀称称，大红快绿，招摇也喜庆。我坐在她身边，看她绣，满眼专注，一脸羡慕，然后，痴痴想，长大了，我也要绣一摞一摞的鞋垫，作陪嫁。可如今坐在石头上的是二大娘，也是当年三奶的年纪，可并不捏针，也并不绣鞋垫，只是喝茶，看来来往往的人，看卧在她旁边的那条狗，也看光阴怎样投下一团又一团的虚影。

那条一下雨就泥泞不堪的马路呢？那个箍着白羊肚毛巾，赶着一群羊的刘三爷呢？那些低矮破旧的瓦房呢？还有屋檐下，那双穿过雨帘扑闪的大眼睛呢？

时间如烟，往事沧桑，记忆却是清而透的。

院子里的那棵枣树，枝条高高低低，叶片密密匝匝，有着错落的美意。阳光照下来，斑斑驳驳的树影，落在爷爷的身上。爷爷坐着，摇一把蒲扇，抽一袋旱烟，喝二两烧酒，就几粒花生米，兴致来了，便吼上两嗓子，还是山西梆子，还是《打金枝》里的那几句，咿咿呀呀，坑坑洼洼，却醉了爷爷，也塞满了院子。那棵树下，都是爷爷身上的味道，又浓重又熟悉。如今，爷爷被时光带到了另一个世界。枣树还在，但也有了很重的暮气。

晨曦的光，新鲜而清澈，缕缕炊烟走成了天空淡淡的云彩。母亲清扫完院子，打开鸡窝门，扬起胳膊，在空中扬撒一把谷粒，谷粒雨点一样地落下，鸡们叽叽喳喳，吵吵嚷嚷，一哄而上，脑袋敲鼓一样地在地上啄食。那只公鸡呢，吃饱喝足之后，在晨光里抖动着羽毛，然后，优雅地漫步在屋子的前前后后。抬头，就看见了白花花的光泻下来。一院子都是光，还有静谧和温馨。

餐桌旁，我和父母一起吃着玉米。那是别人种出来的玉米。父母吃了一辈子自己家田地里长出来的玉米，现在，只能吃别人家田里的玉米了。岁月，拿走了父母的青春，也包括劳动能力。尤其是母亲，这个走路都带着一股风的女人，也收敛了昔日的锋芒和锐气，岁月凛冽的刀锋，连一个人的性格都可以削平。昔日围着锅台转的母亲，坐在那里，安静得像一截旧时光，也像夕阳，那一团一团，逶迤而来，都是温暖……

月色多迷人！像少女的情思，又朦胧又纯洁，像一块锦缎，透着凉凉的质感和迷人的风情。葡萄架下，我和小姑姑屏了声息，缩了手脚，伸了脖颈，一双渴望的眼睛穿过七月七的月光，探照灯一样在天空扫来扫去，可除了月光，还有从夜色里传来的几声蛙鸣，再无其他。习习晚风吹来，吹得葡萄叶沙沙响，也吹乱了少女的发，可，一双好奇的眼，穿过岁月的河，在鹊桥相会的故事里，依然闪啊闪。

看着墙上的那些照片，黑白的，旧了，都是光阴的味道啊！是初二时的照片，我穿着妈妈做的布衣、布鞋，梳着两根麻花辫，肩上背着绿色军用书包。是很土气，可脸是粉的，嫩的，一掐一泡水啊！青春啊青春，翠森森地铺了一镜框，勃勃然，那么霸道，哪怕是穿了再土气的衣服呢！

那盘炕，曾经是多么烟火，铺满了我们姊妹三个和父母的气息，那里有汹涌的生活细节，有澎湃的日常气象。我曾经在它上面躺了又躺，睡了又睡，又温暖又安妥。而今却想起来，都是凉意。炕的坚硬和萧条，已承载不下我日益单薄的睡眠了。我睡不了炕了，只能选择睡床。面对炕，我成了局外人。

炕于我，像一件过时的衣服，旧了，也凉了，再穿，已不合体了。

躺在床上，我睡意全无。耳边传来母亲均匀的呼吸声，断断续续的虫鸣声，伏天的热与夜特有的气息缠绕着，织成一张网，罩住我。父母受不得空调，也受不得电扇，我只能拿一把扇子，不停地驱赶炎热。故乡的夜晚，能给我安稳的，已不是明月清风了。

本打算要住三个晚上，结果，只住了两个。

面对一盘炕，几间房，我成了匆匆过客。片刻，我留给它们的也只是短暂的片刻，也许，有一天，连这短暂也没有了呢？我怕这没有。

面对故乡，我回不去了！我只能用一个童年，在记忆里与它重合；我只能用丰盈的往事，来妖娆它现时的冷寂。

# 阡　陌

清晨。庄稼、草叶、花朵上都挂满露珠，颗颗晶莹，粒粒剔透。四周静悄悄的，只有庄稼生长的声音、鸟儿抖落梦尘扇动翅膀的声音。爷爷脚步移动的声音、胸脯一起一伏的喘息声，像乡间的晨曲，起起伏伏，把阡陌拉得蜿蜒曲折……

爷爷扛着锄头走在前面，我挎着菜筐跟在后面。

向晚。夕阳像一盆倾倒了的炭火，金色洒满了天空，也铺了一地。庄稼们露出了羞涩，鸟雀低飞，蛐蛐鸣叫，老牛的哞哞声像乡村的钟声敲打在阡陌上，悠长，缓慢，也醉人。远处，村里的炊烟袅袅升起，绳索一样缠绕在我饥饿的胃上。天就要黑了。

爷爷走在前面，扛着锄头，锄头上散发着尘土和庄稼的味道；我走在后面，挎着菜筐，菜筐里装满了青草和童年。

爷爷。我。阡陌。时光陈旧，却温暖，泛着迷人的光彩，像剪影，似窗花，在记忆里定格，流动。

太阳挂在天空，像个大火球，通红，雪亮。两边庄稼像太阳一样茂盛，几乎要掩住那条通向汾河的阡陌。太阳过分的热情，让多数虫子隐匿了起来，蝉却叫得更加欢畅，不服气似的，一声一声，此起彼伏，断不掉。我们几个小伙伴也跟太阳较上了劲，并不怕它，它冒它的火，我们走我们的路。我们走，太阳也走，它在我们后边，追着我们。我们的目的地，就是前方的汾河。阡陌上，留下来深深浅浅的脚印，还有阳光的吻痕。

我更喜欢夏天的傍晚。我们蹲在村边的这条那条的阡陌上，看成群的蚂蚁忙碌，眼睛一动不动。在路边拔了一根狗尾巴草，阻止它们的行程，或者扔一块碎小的干粮，看众蚂蚁蜂拥而至、厮杀搏斗。或者燃一堆柴火，捉几只蚂蚱，看蚂蚱在火里垂死挣扎，嗤嗤的燃烧声，我们的欢笑声，撞来撞去，最后落在阡陌上，溅起一圈圈涟漪。

阡陌，一头系在了村庄的衣襟上，另一头伸向田野腹地，逶迤而去。在某一处突然戛然而止，在某一处突然蜿蜒而出，在某一处突然相交会合，在某一处又分流蜿蜒。它们就是田野里的网，四通八达，扑朔迷离。也是村庄的许多毛细血管，一条一条，从村子的四周，向着村子流动、汇集和聚拢。

家乡的田野到底有多少条阡陌，它们来于哪里，止于哪里，哪条阡陌上有着诱惑，哪条阡陌上埋着玄机，我都一清二楚。我用脚丈量过，一遍又一遍；我用经验目测过，一回又一回。每一条上都有画册，这些画册里都有我；每一条上都有故事，这些情节里也都少不了我。有自己的故事，太容易让人记住。

阡陌，是一条又一条的数轴，我的童年就是那些个点，掉不下来，掉不下来的。我的童年就是家乡阡陌上的一棵草、一朵花，那么青，那么美！

可，有一天，这一切都不在了。阡陌、爷爷、伙伴，那个扎着马尾辫的小女孩，都不在了。只有天在，太阳在，天也不再那么蓝，都被焦化厂的烟雾罩住了，太阳还那么毒，但看它也看不清了，中间像隔了一层纱。那些阡陌呢？被大马路、被厂子一口给吞了。都不在了。

焦化厂里的烟雾从烟囱里，涌出，海水一样地涌向天空，涌进我的心里，我心里灰蒙蒙的，憋气，难受，耳边就传来了这样忧伤的歌声：

帘卷起西风吹散了云中的光飞扬/骤雨才初歇打湿了地上的霜微凉/我站在纵横阡陌的那条路上回望/却只看到自己的身影在悲伤流浪……

我是家乡阡陌上的一粒尘，是风把我带着。我跟着它飞，飞出了家乡，来到了红尘阡陌里。这里有宽阔的柏油路，平平展展，又宽阔又大气，还有许多的阡陌，被密密麻麻的网遮着，看不清，看不清的。

它们和故乡的阡陌一样，四通八达，扑朔迷离。可它们却没了故乡阡陌的泥土芳香、青草味儿、扑鼻花香，也没了湿漉漉、清爽爽的质朴感。它们坚硬，干巴巴，没有水分，也好无趣。

故乡的阡陌，是一件件朴素的兰花小开衫，它们却是一件件鲜艳的迷人霓裳。故乡的阡陌粗劣，它们很精细；故乡的阡陌没有烟灰，只有土泥，它们没有花草露珠，只有秩序化了的冬青和树木；故乡的阡陌，是迈着步子缓慢行走的老人，它们是满头大汗奔跑着的年轻后生。

故乡的阡陌泥泞，却好走，能一眼望到底；红尘阡陌，看似平坦，却难走，暗藏着许多看不见的岔道，稍有不慎，就会滑倒。

显然，站在红尘阡陌里，我在想着故乡的阡陌。无疑，我对红尘阡陌是厌倦的，是不习惯的，至少是不喜欢的。可，以前，并不。站在家乡的阡陌上，村边的马路上偶尔驶过一辆汽车，我们几个小伙伴就会跑到马路上，像兔子撒开腿一样；眼睛瞪得圆圆的，像发现新大陆似的。欢呼着，追赶着，尾烟看不见了，我们的眼睛还在追着。就想，汽车，要开到哪里？那里一定有大马路，宽阔似河，平坦如砥。外面的世界是无知而迷人的诱惑。

人就是这样，得不到时觉得无比好，得到时，最初新鲜，过后觉得也就那样，再往后，就是厌倦。

得不到时，那些曾经的就活了，扑闪着媚眼，在诱惑你。可一切都回不去了，只有记忆长着腿。时光老了，老得只剩下牙床，但那些往事能嚼出水来。可有一天，嚼着嚼着，那些东西变成了骨头，也没了味道。

那怎么办呢？

文字靠着想象支撑，其实，有时，生活也是。有了想象，就有了翅膀，它能带着你飞。那就在心中画几条阡陌吧！以生活的底蕴为纸，以理想为笔，蘸着浪漫，和着清风，勾勒心中的“桃花源”：

蓝天，白云，暖阳，木房，小院。院外是田野，是阡陌。草青翠，花绽放，从院子里开到田野，从门口开到阡陌的两旁。最好还有一只狗，一群鸡，几只猫，人着了布裙，漫步在阡陌上，后面跟着的是狗、鸡、猫，还有醉人的晚霞……

只要心中住着“桃花源”，生活里就有自己的“桃花源”。

## |第二辑|

# 守住蔷薇一季春

# 如果春天去看一个人

四季中，冬太素，夏过艳，秋又太满。只有春不冷不燥，不肥不瘦，这刚刚的好，总是一副清纯可爱样，让人平添些许爱恋。

春好！

一个“好”字，便是所有和无限。

“春，曙为最。逐渐转白的山顶，开始稍露光阴，紫色的细云轻飘其上。”

这是清少纳言的话。春的美都被这个小妇人摄入眼底了：因为曙，夜色落下，光升起。山顶有了渐变的动态，云朵有了浪漫的迹象。一天的起始，一天的希望，就那么一点点从曙光春气里，漫上来。

这又缥缈又柔软的曙，唯春有。

春天是从日开始的。你看，那日开始红润，那光线也一日胜似一日地闪，天空忽而一下高了，天地阔了。日一照，禁锢、蜷缩、厚重，这类压抑和沉闷的词，也都隐遁起来。春光无限，春日融融，春气荡漾。人在其中，神清气爽，心明境阔。遇上这日，刚刚从冬里走出的人，是会惊奇地叫一声：春真的来了！来了。

春确实来了。来得无声无息却又惊天动地，来得轻描淡写却又隆重盛大。风是杨柳风，雨是牛毛雨，而那一声惊雷却又是铿锵有力，它在唤醒和催促，于是，蛰伏的出动了，沉睡的醒了。

天地又要开始热闹了。

热闹在树上。最先憋不住的是迎春，朵小又怎么了？急急去把春来报。而后是连翘、桃花、杏花、梨花……赶趟似的开，比赛似的开，一直开，直到开不动为止。这株谢了，那株又接上，一场接一场的花事，不间断。还有那色，红似火，白赛雪，黄跃金，粉映霞，这万紫千红的，总归是春啊！

那香呢，更不用说了，只一树丁香的浓稠味就会让你沦陷。何况还有那歌声一样缥缈的，思绪一样逶迤的，思念一样断肠又醉人的呢！

这样殷勤的绽放，这样盛大的春宴，是要有视觉上的回应，方不辜负。去欣赏品味，是成全、尊重和爱。这样的时候，小禅说：“我愿沉溺于春天的怀里，醉醺醺地笑。”这样的时候，是要和一朵花对视，那眉目里有着彼此懂得的情意。也是要和一场花事来一次约会，在春光里一起醉了去。

我是站在教室里，隔着窗户和一树紫玉兰相遇的。它灯盏一样的花朵，带着明亮的圣洁和不容侵犯的高贵，端在枝头。它是在用浩荡的紫来回应这个季节。春天，就连一棵草都是好的，何况是花呢？扭头就看见了埋头写字的学生，无论花草，都是春天；无论快慢，都在成长。和春一起成长。成长好，看着成长也好。

如果仰头，你会看到天空也不空了。光线把天空抬得那么高，淡得要化掉的云朵游丝一样地飘着，印在空中的树有了婆娑的姿影，有燕子展翅飞着，有风筝悠闲飘着，有鸟鸣或从枝头，或从天空飘来飘去，起起伏伏，给春天增加了抑扬顿挫的美感。

这样热闹的春，这样美好的春，有着小清新的可爱，有着待嫁女子的娇羞和逶迤的心事，也有着莽撞的冲动和汹涌的力量。在春的面前，人瞬间会升起一种二十岁的感觉，那些断掉的时光突然就连接上了，这个季节太容易让人陷入一段春天的回忆了。太容易了。

当青春用来回忆时，我们已经没了青春。

那就尽量把自己往回穿吧。最好是有一颗春天一样的心跟这个季节来配，才好。

植物园里的苜蓿青了，蒲公英也举出了伞一样的小花。我的教室紧邻植物园，无意之间便可入眼。那些齐齐整整的垄沟，那些星星点点的闪烁，那些青翠和生机，都是不可抵挡的召唤。我采了苜蓿的茎叶，挖了整株的蒲公英，回家拌了凉菜、包了饺子，就算是把春天吃进心里了。好几天了，春气都在唇齿间荡漾。

还不到惊蛰，他就早早买好梨、买好安宫丸。说是惊蛰这天吃梨，能滋肺润喉，生津去燥。那就吃吧，血糖高也要吃，让一年嗓畅肺润，神清气爽。那么药呢？没病没痛，又吃它干吗？他说，反正太谷人都吃，是有好处的。那就吃，不情愿也吃，别负了这深情和厚爱。

昨天就接到母亲的电话，先是闲谈，绕来绕去就绕到清明上。母亲说，清明休息三天呢！母亲没有提到“回家”，但一大堆的话都在为这两个字铺垫和蓄势。母亲还说，茵陈早采好了，母亲每年春天都要给我们做茵陈拨烂子。母亲是在以节气的名义唤我回家。我想，地底下的爷爷也同样在等着我。

人生最大的敌人便是自己，能跨越和战胜，就是成长。勤奋上进是我在女儿身上看到的最美的春天。奋斗的青春必定是有力的，这经过淬炼和煎熬到达的春，一定是美而好的。

春了，是要和刘老师拍照的，哪怕是同一个背景，同一株花树呢！今年的春不是去年的，也不是明年的。树上的花不是去年的，也不是明年的。还有多少个春天是我的呢？让每一天都是新的，把每一天过成春天，这是春天的传达和心底的执念。

走出去，到春里，把自己打开，去感受这个季节的诚意和美好。

如果春天我要去看一个人，那一定是万紫千红的春了。

# 静美之秋

经过了春的青涩、夏的热烈，秋到底不一样了：内敛、沉稳、踏实。多像一个步入中年的女人啊！不再浮躁了，不再想着往外跑了，就守着家，守着一份安静，然后说，岁月静美，安妥便好。

秋了，一切都静了，连美也变得内敛了。

秋天的静美是从天空开始的。你看，那些黏糊糊、热烈烈的尘灰和气息都跟着夏走远了，天高了，淡了，也清了，远了，像青瓷碗里盛着的水，又干净又清澈；像一块织锦绸缎，又冷寂又高贵。期待了一个夏天的眼眸，只一眼，就掉进了这清爽。身体也一并放了进去，就像放进一枚普洱，在这清澈里，内心的燥气和热气一点点地漫漶出来。

阳光照着我的时候，我想起了村上春树的话：“秋天的阳光醇厚柔润，在建筑物顶端闪闪发光。河流，树林，软绵绵的草地，云絮从上面缓缓飘移。”我抬头再看它时，发现它就是不一样了，急慌慌的性格没了，换了一副波澜不惊的表情，那闲适里自带一份优雅和从容，那寡寡的表情里有着一种力量，那力量又深沉又含蓄，我看它一眼，再看一眼，然后说，爱！

还有一个人比我更爱，这个人就是那个叫刘禹锡的诗人了。历史的天空映照着他的诗情，他着长袍，仰着头，双手举过头顶作抒情状：晴空一鹤排云上，便引诗情到碧霄。清冽的声音撞击在清远的天空，有诗情在辽阔里回荡，有画意在清澈里流转。我想，此时，他是彻底地打开了他自己，跟秋天交流了。他的头顶，有一群鹤飞过，同样地，它们所过之处，也一定留下了逶迤的诗行。

这晴空遇上了鹤，遇上了刘禹锡就不一样了，真正是不一样了。都言秋悲而寂寥，而他偏说秋日胜春朝。遇上欣赏的眼睛，是秋的福报，也是唐诗的锦上之花。

木心说："秋天的风是从往年吹来的。"

从往年吹来的风，必是经过了时间，经过了岁月，也经过了故事的。经历过了，就不一样了：不似春风的青涩，不像夏风的干裂，也不似寒风，总一副冷绝的表情，凛凛然，让人生畏。秋风就是秋风，不温不火，却有扫落叶的力度和气势。

"秋天是深美的！"小禅说。

我想，往深里走着的美，一定是安静的。那美一眼望不到底，又幽深又神秘，像埋在深处的一个诱惑，越是看不到，就越想看到。秋，走到深处，那风骨和气质才能尽显。

树的华丽和富贵，是要时间走到深处才能显现。枫树迎来自己最美的年华，像在闺阁里憋坏的女子，要嫁人了，那掩不住的喜悦，都变成过度了的红。银杏树全黄了，黄得不像话，金子一样地招摇，满身的贵气直逼人的眼啊！秋天就是这样，是要拿它不动声色的奢华，来蛊惑人的眼目。还有杨树、槐树、松树……都不一样了，随便走近哪一棵，都是一副沧桑的容颜，都有一股熟透了的味道。这种从骨子里生出来的招摇，是带了内容的，看到，你会臣服。

"层林尽染"，我是极喜欢这个词的，它是专为秋天量身定做的，只有秋天配它。一片林海，红的黄的，浅的深的，高低错落，疏密有致，一层一层，尽染，全染尽了。天庭里挂起了大幅画卷，山上铺了大块锦布，饱经风霜的老成，五彩斑斓的绚丽。低调里的奢华，在安静的秋里，汹涌澎湃。

我极喜把自己放在这样的秋色里：两边是高耸的树，金黄的枝叶在空气里握手缠绵，飘落的叶片在地上静默，稀疏的光线，清清浅浅地照下来。抬眼，是黄；俯首，还是黄。我以前不喜黄，总觉那色太过俗气。而，那时，我是宁愿掉在这样的黄里，不愿出来了。因为那简直就是一幅画。我慢慢走，叶子沙沙响，衬得四周静悄悄。

太像一段爱情了！经历辉煌的憧憬、热烈的缠绵，秋天了，欲望也都纷纷坠落了，什么鲜衣怒马，什么富贵荣华统统不要了，就要每天吃饭时，一抬头，就看到你，而你，也恰巧抬头，看我。

人走到秋天，就该有秋天的样子了：安静、沉稳、内涵。头发、脸上都有了霜气，失却了水分，就剩下筋骨了，语气慢了，却更厚实有分量了，心也淡然了，可说可不说的不说了，可管可不管的也不管了。秋了，是要往回收了。

秋天，是老树画里山前刨着红薯，黄昏独自垂钓的身影；是清少纳言日末听着秋虫风鸣的心境；也是马致远笔下那个羁旅断肠的归人。

天高云淡，秋水绵绵。这样的天气适合干什么？

“倚在门前银杏树下听晚蝉，不知此外世界上还有眼泪与别的什么东西。”沈从文是陷在了秋天里，而且看起来似乎不浅。秋的静美是会让人忘记自己是谁，从哪里来，又到哪里去的。

“就醒来，读书，写长长的信 / 在林荫路上不停地 / 徘徊，落叶纷飞 ……”里尔克读书，写信，然后徘徊，唯这样，不孤独。这孤独，都被秋吸纳了。

我倒是更喜欢“闲云野鹤”的飘潇，心境淡如秋水，远如秋山，什么也不做，倚在窗前看，任思绪飞扬，飞到哪里就哪里，才不用管呢！罗兰也说了：“闲和逸，是秋的本色。”我喜欢这秋的本色，又安静又闲逸。

残荷、金菊、秋海棠，还有那满地的银杏叶，都是要去看一看的。还有唐诗里的那句“江心秋月白”，我还没看过呢！

“江心秋月白”该是什么样子呢？我想，那一定是秋天静美的模样了。

# 秋天，我和银杏去虚度

银杏黄了，没头没脑地黄，黄得不像话了！你看，那叶片挂在枝条上，一串一串，像铜钱，在阳光下闪烁、招摇和抒情，又潋滟又璀璨，金灿灿地晃人的眼。满树的贵气，在寂静的空气里，闪啊闪。

有风从叶片上走过，有叶片从树上飘飞，蝴蝶一样地舞蹈，然后，悄无声息地落下。

银杏树，是拿了色跟秋约会的，是拿了舞跟秋言欢的。

同样地，它们也蛊惑我。我站在教室里，隔着玻璃跟一棵银杏树对视着，心底有一个声音响起：秋了，再忙也要抽一个下午去看看秋，看看秋色，看看银杏树。

早听说，榆次的银杏树大都集中在百草坡，就想，银杏树成林成海，那该是多壮阔和盛大啊！那黄的色，该要搅彻天地渐渐升起来的寒气吧？

果然如此。

陌上夕阳半醉，空中丽色成海。高大挺拔的枝干，用火炬的气势在空中举成一种燃烧。那燃烧，有着汹涌的力量、澎湃的热烈和拦不住的气势，空中飘成了一条一条的黄带。我想，那是银杏树献给天空的哈达吧。整齐的队列，节日的盛装，银杏树用绚烂和仪式，欢迎着秋，也欢迎着每一双热烈的眼睛。

“真美！”同去的姐姐们不由得发出了赞叹，就像银杏叶遇到秋一样，都情不自禁了。

我在搜寻，企图找到开始和结束，可哪里有呢？天空里满满的黄，在以射线的走势向着天边蔓延。在蓝色的背景里，它们在用写意的笔法加重秋意，天高云淡，秋韵悠悠，秋意绵绵。这秋韵太浓了，这秋意太密了！

脚下是落叶，以星星点点的状态散落、点缀和构图。银杏叶，以扇形、以匍匐的虔诚，在为土地织一件秋的彩衣。土地给叶以养料，叶给土地以多彩，它们的彼此恩养，成就了各自的辉煌。我站在一棵银杏树下的时候，看到了它们的依存、和谐，以及在银杏叶上闪烁着的隐喻。

这隐喻，我来收纳，然后珍藏。

还有白果。第一次见到银杏果，椭圆形状，小杏大小，色黄白，样可人，落在地上、叶片上，如珠，似玉，在夕阳里晶莹剔透。我用手捡起，用鼻去嗅，成熟的味道一股一股扑上来。王姐一颗一颗捡起，宝贝似的说："用它泡了水来喝，用它泡了水来喝。"我不知道它有什么功效，但想，那水里一定有银杏果的功力在蔓延、遍布和繁复。

就想，我也要捡一些泡水喝，这样想着的时候，我就又嗅了嗅，就嗅到了银杏果的香气，那香气有经历过后的沉稳和厚实。想来，由花到苞到果，这逶迤的过程里，有着奋斗的痕迹。秋了，哪一张面孔里，没有岁月的褶皱、时间的尘埃和经历的路径？

眼前的姐姐们脸上有沟壑不可抗拒地盘踞，两鬓有微霜毫不含糊地升起了，是年岁了，深秋了，水色是一日不如一日了，可对世事的禅透、对人生的领悟，却在日日攀升。

"这件衣服穿着好，照相就太暗了！"我倚在树干上对着镜头的时候，刘姐这样跟我说。

"穿我的这件试试。"一向对美有独特领悟且时尚的杨姐说。

果然不错！刘姐一边调着镜头，一边会意地点着头。彼此都用了心，才有了美的留存和记录。唯这样，才不会负了这银杏树，负了这秋色。

不远处，一对中年夫妻，一样的秋色，一样地摆姿势拍照。男人一会儿叫嚷着让女人笑一个，一会儿跑到跟前替女人扯扯丝巾，然后拍照，然后再选景，再拍。我一向觉得男人婆婆妈妈不好，可那一刻，忽然觉得，那都是爱在生动展开呀！

小禅曾经说："我老了，可我心里永远是春风少年。"

能站在银杏树下，跟秋亲密，跟自然虚度的人，都是春风少年。

郭沫若是春风少年。秋里，他一个人去看银杏树，是被银杏树的风姿和美击倒了，所以他这样抒情："熏风会媚抚你，群鸟时来为你欢歌，上帝百神。假如是有上帝百神，我相信每当皓月流空，他们会在你脚下来聚会。"想必，他当时的心情一定是春风了，是少年了。

在美面前，总会让人忘记年龄。

李清照也是春风少年，但却怀了妖娆的心事，写白果的风韵雍容、玉骨冰肌，意在喻夫。白果被摘，欣喜还能并蒂，这，大概就是那个秋天对她最好的安抚和宽慰了吧。

此时，我就想靠着一棵银杏树，深陷在秋里，单纯地沉溺和虚度。此时，我就想站在一棵树下，用无声跟银杏树交流，跟这个秋天私语……

此刻，有风从头顶刮过，有落叶飘零。叶刚刚还在枝头闪烁，瞬间，只一瞬间就落了。凋零，不仅仅是因为风，瓜熟蒂落、生老病死，谁又能违背这个亘古不变的规律？

银杏树不能，人也不能。

头顶，是热烈的燃烧；脚下，是安然的静卧。

远处，姐姐们的谈笑声，在银杏树下穿梭着，荡漾着……

这个下午，我们和银杏树去虚度。有这样的虚度，我们都将是春风少年。

因为我们一直在忙碌着，奋斗着，我们忙碌的生活，太需要这样偶尔的虚度了。

# 有暖，　缓缓吹过

窗外，有呼呼的风在响着，有凛冽的力在敲打着玻璃窗，有拦不住的冷气正从缝隙里往里挤。

教室里，我在参加职称考试。看着作文题“风景”话题，那些素日里细细碎碎的片段，变成了一些风景，那些风景里，有着春天的色彩，有着阳光的热度，又素净又温暖。

那些风景，是有些暖意，包括那些不染尘俗的眼神，包括那些雪中送炭式的帮助，包括那些不知所措时的抚慰，还有那些看似素淡却又无比浓烈的爱意。

每每走进教室，讲台上总会有一杯茶水，冒着热气，而我口干舌燥时，那水温又刚刚好。遇到两节课之间，水总会自觉续上。不用说，准是那几个男孩子，争着抢着地去打水。我除了叮咛两句，并不制止，我贪恋这纯净的温度。想必，这用了力的付出，必是有着热烈的回应。这回应，便是那冬日里明艳艳的太阳，照亮我那日趋枯淡的枝头。

课堂上，我在讲课，他们在听课。我讲得投入，他们听得入神。精彩的地方，会有掌声响起。那天，有个学生举手说：“老师，您能给我们多上几节作文课吗?”其他学生也纷纷附和着。那一瞬，有欢在我心头妖娆，那些明亮而闪烁的渴求，光一样照进了我的心里。

深秋了，教学楼旁林荫道上的梧桐树，举出沧桑和凝重，在湛蓝的天空。一阵风吹来，叶片纷纷坠地，一片一片，一层一层，居然铺了满满一地，织锦一般。清洁工也故意不去清扫，自成校园一景。

课间，我穿过秋天的风，走在梧桐树下，用目光去感受这场盛大而蓬勃的秋事。远处，有学生在跑步；天空，有凄清在流动。

第二天，我到办公室时，有一枚梧桐叶在办公桌上，上面有花草，有便贴，还有一句“一如秋般高邈”。黑色的笔墨，清秀的字体，还有关不住的热烈。便贴上是一些密密麻麻的话，像一些密密麻麻的感触，我记住了其中一句：“我相信我的生活也会过成花。”

多么美好的憧憬！是怎样的一个小女生？读我那些粗浅的文字时，是怀了怎样激动的心情？沧桑的叶片上有一颗热爱文学的心在闪，同样，我的心里也有东西在闪。

期中家长会上，作为科任，必参加，必讲点什么才安妥。一向尊崇个性而不囿于规矩的我，随性尊心，每一个字都从良心上摘取。自然有掌声，秋风一样，遒劲而不绝，一出教室，便有学生围了上来：着“老师，您真有学者气质！”我用微笑和亲昵的动作，给予了回应。

这些风景，亮我眼目，滋我心灵，也日日替我驱散笼罩于我生活里的阴霾。

考完试，我走出考场。

天空清绝阴沉，风肆意横扫，用冷堆叠空气，是这个季节的使命。我站在冷里，在路上不住地眺望，希望有一辆空着的出租车，没有！一辆都没有！而他又不在，被宠溺，其实并不是一件好事。他在外地，打来电话，还笑我打不上一辆车。真的打不上，一辆都打不上，我忽略了那天是个考试日。

我只能向着公交站牌走去，急急看站牌，确定，而后找零钱，翻遍钱包，翻遍全身，没有，一元没有，就是十元也没有。总不能拿一张一百去坐公交吧？“我给你一元钱吧！”是一位中年妇女：朴实的衣着，通红的脸颊，还有淡淡的微笑。她手里攥着一元钱，手很粗糙，爬满日常琐碎，记录生活纹理，像土豆皮。我接过她手里的一元钱，心里有东西被打湿。

我不知该说什么，只是那一刻，我的心在雪中送炭里安落。再抬头看天时，竟也有阳光穿破云层，照下来。一路上，我没感觉冷。

我们得到暖时，别人也需要。只有彼此给予，暖才会传递、扩散和永驻。

连日里的背诵，加之记忆的衰退，不能像年轻时候，混战一夜便可搞定。但职称的事，却也不敢掉以轻心，所以冷落文字，也冷落友谊。有文友留言，询问关切，得知后，还把她以往的经验讲给我听。这清澈的遇见里，有灵犀的相通，有彼此的照见，还有隔山隔水的惦记。

世界上有一种幸福，就是彼此并不照面，想起却又无比温馨，忙碌生活里偶尔一句问候，便又各自忙碌。我贪恋这样的感觉，只做射线，向着各自的光亮处蔓延……

以前疏于厨事，能不做便不做，能吃食堂便吃食堂。是年纪了，身体在走下坡路，把健康提到了日程上，我日日告诫自己：再忙，也要把一日三餐落于锅灶。其实，做到不难，做好也不难。开始查阅营养的搭配，开始盘算顿顿的伙食，让厨房里风生水起，是我后半生日日必备的功课。

阳光散下来，一屋子都是光，光里，他坐在我对面，吃饭喝汤，彼此谈一些无关紧要的琐事，或者什么也不说。吃完后，一起洗锅，厨房里，叮叮当当，气象万千。这生活逶迤而来的，都是一帧帧的风景啊！

我要这风景，要这烟火的生活，要岁月静美，你我安妥。

那些工作的细枝末节，那些雪中送炭式的帮助，那些不知所措时的抚慰，还有那些看似素淡却又无比浓烈的爱意，都是风景，我悬挂、保存和珍藏。

想起时，有暖，缓缓吹过。

# 丰盈之夏

我再挑不出比“丰盈”这个词更能表现夏天的气质的了。丰盈，又丰富又饱满，太过热情的日月，总是没有一丝缝隙的。这盛大的浓烈，不就是生活的底色吗？多像一个人，倾了满腔的情，来生活，来爱。

在微圈，看到赵院长晒出的午餐：精致的馅儿，花边的饺子，冒着热气的锅。本以为，大姐去美国看孙子，他该吃食堂，可他却包饺子，一个人。这生活，是需要多么热烈的内心支撑啊！生活就该是夏天的样子，哪怕是一个人呢！一个内心花枝招展的人，日子是不会凉下来的。

极喜一家人在一起。洗菜的洗菜，和面的和面，火苗呼呼往上蹿，汗水哗哗向下淌，你叫我应，你递我拿，锅碗瓢盆叮叮梆梆，话语笑声起起伏伏。然后，满满地围成一桌，酒杯与酒杯的碰撞，气息与气息的缠绵。多浓重的烟火气！多丰盈的日月！像极了夏。

热恋一个人，也要是夏天的样子。爱的光线多明媚，到处闪，要把所有的事情都给掩盖住了。火辣辣的眼神，热烈的吻都那么生动，那么不可阻挡，火一样要把人烫着，却还那么心甘情愿地靠近。看那稠绿的树叶，又私密又热烈，风来，沙沙沙，多像浓烈的情话，要把心烫着。

半遮半掩，蠢蠢欲动，那是初恋；风淡云轻，波澜不惊，那是婚姻。只有夏天是热恋，只有。一个人，总要经历这样的热恋，这样的夏天。如果没有，那多遗憾！

夏，像一个性格耿直的男子，总是因为没有了迂回而显出了粗粝的一面。

我每天上班经过菜园街，穿过早市。满条街是夏的样子：买菜的，卖菜的，男人女人，也有早早出来遛弯的老人、急急赶点的学生，还有撒欢的狗，乱叫的禽。包子摊点冒着腾腾的热气，油条锅里漫漶出的青烟，在一大早就下来的热气里，沸腾，汹涌。多么黏稠的气息，多么热烈的生活。

夏的火暴脾气，一大早就憋不住了。

一个高中生看看表，又看看忙得不可开交的老板娘说："能不能快点啊!"言语里闪着白亮亮的光，还有一点就着的火星。那老板娘连说："就好！就好!"手并未停下，眼睛也并不看他。烦就烦吧，谁让是夏呢？谁让遇到夏一样的年龄呢？

就是到了晚上，夏的热情还降不下来。小吃街灯还是亮亮的，人还是满满的。大排档、烧烤摊生意又丰盈又繁华。而桌边的人，在月下，大口喝，大口吃，大声谈，那酣畅的粗糙和快意，那袒露的本性和豪爽，多像夏呀!

看，那边广场，也是夏的样子，在冒着腾腾的热气呢。大妈可劲儿地跳着广场舞，大叔陶醉地唱着红歌，也许舞步凌乱，也许歌不成调子，那又有什么呢？快乐便好。那边呢，有小孩伸张双臂，小鸟一样地滑翔来，滑翔去。就是那坐在椅子上不动的人，耳朵也并未闲着，这么热烈的生活，怎么能闲下来呢？

闲，属于冬，冬是静止的，往回收的；夏是运动的，是往出放的。

身体最先有感知：那大开的毛孔，止不住的汗水，像一口烧开了水的锅，呼呼地向外冒着热气。再加一个挂在天边的火球，冒着匕首一样凛冽的光，伸着白花花的星子，随时都要毒你一口。这样的时候，就不得不躲在树荫下或者遮阳伞下。能不出门还是不要出门吧。

不出门，正好赶上暑假，那我就待在屋子里吧。丰盈的文字，能解热，也能降温。还有书桌旁边的那些绿植，泛着丝丝凉意和青青绿味。如果夏的味道还那么醇厚、那么肆意，开关一按，瞬间就回到春天了。科技的先进，靠了电顷刻就能把季节剥离，但墙外的丰盈却瘦不下来。

瘦下来的是胃口。平时喜欢吃的东西，突然就失去了兴趣；平时一看牙就发寒的食物，偏偏就那么轻易地解开了拴着胃口的绳。冰激凌、冰糕、冰镇啤酒，那冰凉凉的光泽，寒森森的面孔，忽而就那么迫不及待地爱上了。

茶，是断然不能少的，绿茶。那淡淡的绿，翻滚着的叶，在开水里一点点地把夏稀释，夏的浓度，在胃里降下来了，降下来。看，又是绿，夏天就是这么多的绿！绿，就是夏放荡不羁的孩子，怎样的办法使尽，还一根筋地执拗。

树呀，草呀，都是绿。浅绿、深绿、苍绿，挂着的、铺展的，像伞盖一样垂下的，像灯盏一样举着的，都是绿。哗啦啦，上天把绿的锦布一扬，高的，矮的，如浪似波，此起彼伏。想必，树是最喜欢夏的，夏的背景上，有它们最婆娑的舞姿和最丰盈的明媚。

花也喜欢。花事一场接一场，牡丹败了，蔷薇开；蔷薇落了，荷登场。这么多的花，是要留一些香味来纪念的。我收集干花，装了盘，做了香包，挂于室；我也去拍照，一波接一波，一场接一场。有人说，你怎么那么喜欢拍照？我说，我要把夏天留住。其实，我留住的也只是过程和心情。

我喜欢夏的另一个原因，是跟美有关。对于一个爱美的女人来说，美丽的衣裙一件件换，各种的式样一款款穿，衣服是五颜六色的，心是花枝招展的。这盛大的浓重，这斑斓的心情，唯夏给予最多。

夏，是梵·高笔下的一片金色，是小禅妖艳的文字，也是树下那对小恋人热烈滚烫的吻……

夏，是奔腾不息的长江水；夏，是妖艳绽放的红罂粟，也是一声声不倦的蝉鸣声……

我经过夏，爱着夏，以我特有的浓度和热情。在热烈里，与它交换着彼此的气息，享受它带给我的不安和快感。

我爱着丰盈的夏，爱着丰盈生活，就像爱着一个人。

# 守住蔷薇一季春

姐姐们早就说要去拍蔷薇。

蔷薇，总觉这花土多了些，从墙，还微。心里的热度也降了几分：觉得它们没桃花开得野，也没海棠开得荼蘼，更不像油菜花开成一地的灿烂。

春快谢了！这么微，还攀附墙的花，能守得住春吗？

远远地，就看到了它们：密密匝匝的绿，粉粉娇娇的朵，自东向西，从上而下，锦缎一般，画布一样。满墙的春，喷涌而出；万朵的美，纷纷而扬。

接着是香，一股一股，像清晨的光线，又清新又干净；一波一波，像少女的心事，又羞涩又隐秘。它们是要从墙上走下来，在马路上、空气里，四下里散开来吗？我从车里走下来时，这香早已伸了手，说，来来来，跟我走。

站在它们跟前了。一种铺陈的力量，汹涌而蓬勃。枝缠枝，叶叠叶，一匹春的锦布；玫红的花，素白的花，一朵一朵，举着酒樽一样的杯盏，盛满了醉人的酒酿。

这小小的朵，一副楚楚动人样，又粉又嫩，又干净又迅猛，像少女！青涩里有一股拦不住的蛮劲，还有一种说不清道不明的情愫和期盼。

是少女。只有少女才有这样的色，才有这样的态，才有这样私密的幻念和心事。我突然想起了《山楂树之恋》，想起了静秋，那甜甜的笑、那纯纯的眼眸，还有那挂在脸上的若隐若现的心事，就是这花，蔷薇花。

这样的蔷薇花，是容易让你想起某段往事某个人，而恰恰在这一时刻，那个人也想起了你，那正是一件幸福得不得了的事了。

两个女生，从我面前走过，停下，看花，拍照。

她们，二十岁左右的样子，一脸的青涩，一脸的粉，像极了那满墙的蔷薇，干净，通透。少女和蔷薇花，不知是谁渲染了谁，谁映衬了谁，呼应里都是春光，不由得，就想多看几眼。

就连她们的笑声也一样年轻，纯粹，一样有香气。蔷薇花一样的香气，干净又带了羞涩。这么大的女孩子，是该有心事的年龄了。她们蔷薇花一样的脸上，有幻念和期盼，这是一个还不会掩藏心事的年龄。这样的年龄，总让人有春日融融的感觉。

在这样的人和蔷薇面前，心是容易被染成春色的。

我是染上了，姐姐们也染上了。

我穿了白色的衣裙，涂了满脸的春色，站在花前，摆各种姿势，一把年纪了，自己都觉得招摇。一大早的，抢光线，去拍照。

三个姐姐，一个拿着平板，一个举着单反，一个不停地指挥我。晨曦的光线也纷纷赶来，为我们搭建背景。那些蔷薇花呢，也在努力地开，是要把所有的粉都拿出来增色的。唯有不辜负，才好。

“真美！像个仙女！”

“只有你才能拍出这味道。”

姐姐们的话，一波又一波，像蔷薇花的香气，纷纷而来，醉了心。一颗蒙尘而苍绿了的心，是太容易被几句话俘虏了。就跟真的似的，飘飘欲仙了。那些个红尘琐事，那些个柴米油盐，那些个烦恼忧愁都忘记了吧。不想记起来了。

姐姐轻轻一摇，那些粉色的瓣纷纷飘，随处落，像雨，似雪，缤纷绵软，瞬间织成了一块美丽的地毯，又粉又干净，人都不忍踩上去。踮起脚尖走上去，蹲下，裙摆像撑开的伞，“唰啦”一下摊了一地。白色的浪，粉色的瓣，簇拥着我，这感觉，让人受不了。太美的感觉，总是易碎。

路人驻足，一脸羡慕，满脸疑惑：是在拍婚纱照吗？

姐姐们只管拍，并不答，一副陶醉了的样子。我只浅浅笑，并不答，也一副陶醉了的样子。在蔷薇花渲染的春光里，只有陶醉，没有其他。哪怕是一瞬间呢，也要是幸福的样子。

路人走过了，还频频回头看，好像把什么落在了这里，但终究还是走了。对于他们，不为风景，只为路过，看一眼，便是满足。有更多的生活不允许他们停下。我想，如果可以，他们会站在花前停一会儿的。对于美，没有人会拒绝。

这花，如果没了人赏，那生的意义也便寂寥了。

终于有人禁不住了。一位老人，满头银发，岁月在她脸上留下来千奇百怪的路径。她先是站在旁边看，看蔷薇花，看我们拍照，像一袭收敛了光芒的岁月，平和而安静。但我还是看到了她心里的微澜，在涟漪，在荡漾。她走到我跟前，让我帮拍照。在蔷薇花面前，她露出了蔷薇花一样的笑容，那样子，像少女。我想，此刻，她的心也是一颗少女心了。

我始终认为，年轻跟年龄无关。一颗心不老，就年轻；心里装着美，就年轻。一个邪恶且日日钩心斗角的女人，又怎么会年轻呢？

守住蔷薇一季春。

自恋地拍几张美照，看春与花的缠绵，那样的时候是美的。春，在心里荡漾弥漫，与蔷薇花彼此照见，彼此吸纳，才能生发出该有的春意来。

想起了萨松的话：“我心中有猛虎，在细嗅蔷薇。”内心是蔷薇，现实却是猛虎。猛虎咆哮的时候，很多人，忘记了蔷薇。

我要守着心中的蔷薇，守着一季春。

“即使明天是世界末日，今天我的花园也要遍植玫瑰。”

这是徐志摩的话。一生追求自由、美和爱的徐志摩心里是住着春天，是散着蔷薇花的芬芳的。如果活成他那样，又何必在意生命的长短呢？

四个女人，单拍，合影，蹲着，站着，嗅花，插花，从各个角度要把美留住。那也是生命存在的一种形式。只要快乐，便是好！

我们不写诗歌，但要有满怀的诗情。

我们没有蔷薇花的水色，但有一颗蔷薇花般楚楚动人的心。

动人之处，自有春在。

# 教师节，花香满心

教师节，又逢周末，这恰恰，让这个节日，以花香的形式，逶迤展开。

清晨，有鸟鸣落满窗户，有光洒下来，盖在我身上，有时间穿过尘埃，从此处走到彼处。内心像这秋，清碧而辽远，平静而安妥。太贪恋这闲闲的风情、静静的模样了：不用急急地赶，去上早读。

这，是最好的礼物：清晨接过第一缕晨曦的问候，收到第一声清脆的鸟鸣。这个过程缓慢，慢得可以听到精神的舞蹈、灵魂的欢唱。

是秋了。光阴走到深处，显出层林尽染的气质。渐渐变凝重的叶片，越来越稀薄的鸟鸣，还有日日新添白霜的两鬓，都有着一种静气之光和安落之美。这个节日，以递增的速度，跟时间，跟我，一起老着，老下去。

秋，摒弃了春的青涩，夏的燥热，冬的寂寥，以它特有的浓度和成熟，饱满季节。年龄走到秋，仿佛什么都经过了，什么都看开了。精神的明亮，才是最热烈而深情的追逐和执念。

日子越过越素简。一日三餐，越来越素，血糖的升高，在日日提醒我摒弃、限制和自律。这个年龄，吃上不能再任性了，不能吃的，不吃了，能吃的，也不多吃了。衣服，也摒弃了太过招摇的色和太过夸张的款，更向着素淡和简明，宽松和舒适靠近。不撞衫，不随流，小众且带了自己的秉性和气息，依然一味延续。

交友也是往回收。圈子虽小，干净重要。更注重精神和气息的一致。交流和相处都需要简洁和干净做底色，不能再给眼涂一些碍眼的色，那颗经历过的心，再经不起揣摩的消耗。迂回和猜度太耗心，有那些个精力和热情，不如看几篇文，写几行字。也不如，晒晒太阳，看看花。

在这个被秋天喂养的节日里，想一些秋天的事，心会天高云淡、清澈辽远，精神也会光洁明亮起来。

是学生，让这一日有了节日的仪式和隆重，让温暖的气息荡漾开来。

七点，就开始陆续地收到毕业学生的祝福短信，喜他们的成长、懂事，还有惦记，也相应地送去一份鼓励、祝福，还有同样的惦记。时间隔开了一些东西，但我看到，总有一些东西，有天涯咫尺般的错落的美意。很庆幸，这美意没被时间吹散。付出，总是以不同的方式得到呼应。这种呼应，让我的精神上，同样有抑扬顿挫的美感。

也收到家长的红包，我一般不打开，我以感谢而沉默的方式回应。我也是家长，太懂家长了，当我们无力跟恶浊的世风抗衡，总是以顺从的形式维持，以求得某种心理上的安慰。对于额外的劳动，犹太人的观念是不拒绝。课堂上的每一分钟，彼此都不虚度，才是各自的抵达。我努力做，努力做到，心才会安落。那么，你呢？也要做到，方是知恩。

照样，有学生送花来。康乃馨、百合，还有不知名的，红的黄的白的，一大束，衬着孩子们的脸，都是青春的气场，又热烈又单纯，又可爱又活泼。一群孩子叽叽喳喳，围着我，有香，从心底漫上来。

其实，该感谢的是他们，让我的生命有了内容、意义和力度。是他们的带动，让我感觉到生活的充实、快乐和质感。日日看着这单纯而洁净的明眸折射出的人性之光，常常守护着这满园竞相的怒放，幸福感和愉悦感瞬间会放大。

百合的香，浓郁而稠密，在屋子里肆无忌惮地，飘来，又飘去。仿佛时时在提醒这节日的存在。想想，距离退休只有八年，不能拿它跟往日同待而言，不虚度过程，不敷衍青春，方是对这个节日的尊重和感谢。

是要到小区的院子里坐坐，看看季节在每一株植物上停留的样子：木槿花的芳华就要坠落，菊花倒是黄灿灿一片，正当年。树木还那样浓稠，但色彩上到底深了，隐隐约约地有了一些暮气。自然总是这样深情，这里沉下去，那里浮上来，想尽办法，让美持续。

也看到了院子里的一些老人，平和慈祥，走路慢悠悠，说话也轻声细气，就连看来来往往的人，也都风轻云淡，波澜不惊。这个岁数的人，暮气是很重了，却也有安详的静气和随遇而安的模样。

因为闲，这个教师节也就有了别样的风情：让我得以跟一株花草对视，和院子里的每一个生命交流，能感觉彼此的存在和生命的律动，就是安妥，就是幸福。

一觉醒来，翻看手机，满屏都跟教师节有关。信息时代，总是以它的速度记录、传达和飞扬。欣喜地看到文友月牙被评为最美教师，为她喜。月牙，我文字里最美的遇见：善良、低调、热爱文字、灵魂有香气的女子。对珍惜的人，总要往深里走的。丢掉的就随它去吧，年龄到了这个时候，取舍更是随了心去。

接着就收到中国教育电视台教师节征文的一个小奖，几年前的一组小诗，青涩的小诗，意料之外，想是评委老师的厚爱。还好，有这些个喜悦，锦上添花也罢，不值一提也罢，总归，这一日，多少有些妖娆了。

于是，缱绻的午后更加缱绻，就连这将要落下的晚霞里，也都有了花婆娑的姿影和浓烈的香味了。

看书，在这静谧之中；敲字，在这静谧之中。这静谧，像是一种铺陈，带着强大的气场，为精神和灵魂搭建阔达而舒适的舞台。在静谧中，有墨香轻轻飘来，有敲字声嘀嘀传来，也有百合浓郁的香荡漾开来。

那香，满了季节，也满了这个节日，更满了心。

# 海棠开，开到荼蘼花事了

海棠，是“国艳”，是中国的。不像樱花，有很重的日本气息。

春走到四月，就停在了它们身上。它们就开，撒开了腿地开，不管不顾地开。一朵挨着一朵，密密匝匝，不透缝，一直开，开到荼蘼，开到有光的地方，还停不下来。停不下来。

多像一位热恋中的女子，执拗，热烈，还美。海棠，是最能把春的气质和魂开出来的。

一场惊天动地的花事，是让人无法回避的。隔着一座城的距离，我都能想象到它的热烈，也能听到它的召唤。

几个女人，带了衣裙，开了车，急慌慌地，要与它会面，一早。像怀了春事，去赴一场等待了好久的约会。

一树开，单调；成片开，才有气势。你看那些瓣，重叠；那些朵，紧挨；那些枝呢，在空气里相握。多热闹，多和谐，像一些妖娆的蜜语，必然要袭击到你。

阳光洒下来，洒下一地的紫，一地的红。像铺陈一种阑珊，像营造一种意境，又梦幻又空灵。面对它们，一句话都显多余，只想着呆呆地看一会儿，便好。

那边的西府海棠，粉白，雅致，像空中挂起的花帘，从南到北，自西而东，这情景容易把人带入一场晒事，有关花和女人的晒事。我不敢大声说笑，只想着不要惊扰了这美。

还是禁不住了。花和春一起搭建了这隆重的背景，又缠绵又温暖，坐在花下，躺在影里，迷醉，沦陷，此时，就要沦陷在它的这番深情里了。那些个红尘俗事，就都暂且随它去吧。

摆各种姿势，换各样表情。五十多岁的刘老师，不厌其烦，指导你，让你渐入佳境。她弯腰，躬身，屈膝，半蹲，在寻找，在捕捉。一个快退休的女人，还如此爱美，懂美，令人动容。

另两位姐姐也是，一样的年龄，一样的爱美。像春光一样，这里嗅嗅花，那里去挖几株野菜，还掐花，别头上。春里，此刻，唯有倾了心地去感受这盛大、浓烈和美了。

她们，多像一朵朵海棠啊！爱美的心，要开，要开到荼蘼花事了，年龄怎么能拦得住？

即使是老了，也还是绽放的姿势。

一个上午，太有闲情了。闲情。只守着一片海棠，一颗心只有这春光，这海棠了。所有的前世今生都忘记了，甚至忘记了自己从哪里来。

姐姐们一颗爱美的心停不下来了，像春光，像四月的海棠。第二天还要去拍照，去拍落英。我在老家，错过了这场约，可我能想象到落英上，她们一张张绽放的脸，一颗颗海棠花般的心，想到此，我仿佛便站在那落英下了。

女人，如果养着一颗爱美的心，那要比爱情还恒久，是要与光阴同寿了。

男人如果遇到自己喜欢的女人，都会把她比作花，各种花。李隆基将杨贵妃先是比作牡丹，后又拿海棠来比。

一日，唐明皇登香厅，杨贵妃本应殷勤相搀，可她偏偏吃了酒，醉颜残妆，鬓乱钗横，不能再拜。明皇却也不恼，还笑曰："岂妃子醉。

直海棠睡未足耳!”这“海棠春睡”里，杨贵妃一定是风华绝代了。不然，睡着了，还那么美。至于怎么个美，想，该是海棠的样子了，要不，唐明皇为什么偏偏说是海棠，而非其他？

杨贵妃，是牡丹，大唐的牡丹；也是海棠，李隆基的海棠。

苏轼写牡丹，陆游也写牡丹，但都抒怀，都言志，都带了一颗私心。这迂回的心思，我是不喜。我独喜李清照写的海棠，写海棠就写海棠。哪怕是“昨夜雨疏风骤，浓睡不消残酒”之后的“绿肥红瘦”呢，那也真实。

我想，如果海棠有灵魂，它也不喜别人拿它说事。它就是它，美，女人，还气质。

最能把海棠气质和魂画出来的，是张大千。你看，他的画里到处是海棠的气息，开不败的花姿花容，《乞海棠》《秋海棠》《海棠春睡图》，每一幅里都有一个故事，这故事都跟海棠有关。张大千为什么就这样喜欢海棠，入骨地喜欢，不要命地喜欢呢？那海棠，一定是他爱到骨子里的女人了。一定。

就想，他在挥笔画海棠时，旁边是不是立着一位女子，长发飘飘，面若海棠呢？

其实，早在《诗经》里，就有它的身影了。“投我以木瓜，报之以琼琚”；“投我以木桃，报之以琼瑶”；“投我以木李，报之以琼玖”这“木瓜”“木桃”“木李”说的都是海棠。

海棠，在艺术里开，在文学里开，在骚人墨客的心里开，一直开。

花开之美，要落在欣赏的眼睛，它会有价值，有意义，才会美。就像春天里的一树花，有光照，有人赏，才完美。

海棠，是幸运的，遇到了。

有人说：“人没有遇到，就自己先美起来，万一遇到了呢？”我说：

“即使遇不到，也要美。”

我喜海棠。每年春天，几乎都要买一盆来养。可随着春的离去，花会凋谢，叶也会枯萎，最后，连根也会烂掉。我怜惜，也心疼，是我毁了这花，断了这香。发誓不再买。

可春天一到，就禁不住了。它那红艳艳的色，黄澄澄的蕊，还有那丝绒般的质感，于我，都是一种诱惑，或者惦念。春日里，这没了暖气的屋子里，是少不得这一盆海棠的。少不得的。

也许，它能把春意洒在这屋里，把这美绽放在我眼前，是它的快乐。哪怕是短短一月呢。

我是能感知到它的温度的。

真正的爱，在灵魂，并不在于厮守一起的长短。

一个真正爱美的女人，并不惧怕年龄。

春去了，花谢了，可一颗爱美的心仍开，开到荼蘼花事了，它还在开，一直开，是要开到不朽吗？

是的。

# 七夕，带着爱去

七夕。

秋了。夏的盛气到底降下来了，清了淡了的空气，更适合安放一颗在炎热里待久了的心。七夕，是要带了爱去，和文字，和自然，和生活缠绵一起，以求得某种抵达，方不辜负这天高云淡，秋水绵绵。

有人说，七夕，是中国的情人节。这一天，是纪念，也是憧憬和祝愿。

都这把年纪了，节日不节日的，都无所谓了。总觉，只要心里装着爱，每一寸光阴都是良辰美景，每一个日子都是自己的节日。七夕，双七，还有那个美丽的传说，一年一次的遇见，还是要隆重一下，方显存在和尊重。

晨起，挑了《枕草子》来读，喜欢清少纳言的文字，有着小女子的情怀和忧愁。清淡如她，也如她笔下的菖蒲，有着匍匐大地的寻常和隔着云端的孤绝。清淡的文字，素雅的小众，总会让我心生欢喜。

对文字，带了爱去，用了目光和心，它会回馈你绵绵不绝的爱意，这彼此的懂得，便也是开在琐碎烟火里的玫瑰了。

他坐在我对面，中间隔着一杯清茶。他喝茶，我看书。有光从窗外照进来，有清香在心上氤氲。时光静好，岁月安妥，平淡的厮守，就是最好的光阴，生活的美好，是从日常土壤里开出的花朵。

想起这样一句话：屋子里有了爱就变成了家。带着爱去爱，带着爱被爱，这是七夕给予我最珍贵的玫瑰，把它别在彼此的衣襟上，也是这个节日最隆重的仪式了。到这个年龄了，再不要什么鲜衣怒马了。玫瑰花有什么用？不能用它来吃，也不能用它来喝。什么都抵不过在静气和安稳里读书写字，而这时，恰恰你在。

玫瑰花什么的就省略了吧！但每年的这个中午，如果不是有什么意外，又恰好你我都在，还是要选一家有情调的餐厅用餐，给彼此一个庆祝的理由，以示这个节日的隆重和盛大。正是因为有了这属于两个人的节日，平淡的日子才缱绻出丝丝美意。

下午，我去了理发店，不为理发，为染发。试图用化学药剂掩盖衰老，是岁数了，一切都在暗淡，唯白发明亮，一日胜过一日。发也不似从前浓密，再用心去打理，却也换不回瀑布一样的流势了。想来，再爱美的心，都难以抵挡岁月的刀锋、烟火的漂染和生活的打磨。

但，美，无论外象还是内在，都要日日用心打理，方能有生的蓬勃和活力。

店的主人是一对中年夫妻。男的干脆利索，女的文弱娴静，男的剪理，女的洗护，一唱一和，又繁忙又和谐。窗台上有阳光投在绿萝上，绿萝透着莹莹的光亮，让人觉出生活的可爱。这日日看似重复的画面，落在七夕里，便也透出了爱的光泽。

他们何尝不是带了爱去奔赴生活？只要心中悬着爱的灯盏，再粗粝的生活也会充满光亮。

接下来，要去拍照。

开会那天，刘老师就约了，开学前要再拍一次。爱好摄影的她，是要用一场拍照完成一场结束和开始。我染了发，化了淡妆，尽量把自己往回穿，最好是春秋交替的样子，同样地，我要用一次拍照完成一场结束和开始。我和她，一样地爱，爱生活，爱美。我的爱简单，是要记下和定格。她的爱里更多的是怀念，捕捉和对另一个世界的祝福。

有写文字的女子说："没有人会在原地等候一个人，我想草木可以，它们比爱更可靠，只要一缕目光。"

我站在晋商公园荷塘跟前的时候，突然想起了这几句话，眼前的荷已过了花期，叶子也失去了水色，举了一根又一根的莲蓬，它们身上有夏的游丝和秋的暮气。盛夏从它们身上走过，风从它们身上走过，一朵一朵的云从它们上空走过，而，它们还在原地，等我。在一缕目光里，有再次遇见的惊喜和懂得。从它们的身上，我获取了干净和安详。

旁边是菊，黄的白的、红的紫的，一大片，都是绽放、热烈和气质。像铺展在脚下的地毯，带着灵魂的孤傲和秋的质感。这里还没结束，那里就已开始，植物对自然的热度，总是此未消，彼已长，正是有了这持续的温情，才可爱。我们唯爱，才不辜负。

我是把它们当作恋人来爱，七夕，我来和它们进行一场幽会，以我的方式做着爱的回应：用目光与它们对视和私语，然后，把它们美的姿态定格在光影里。

我记住了每一株植物的位置，每年的七夕，我会来，而，它们还在。

回来的路上经过一家花店，清香隔着空气远远地飘来，像女子身上的味道，带着一些妖娆的香气，眼光不由得就跟了过去。窗子上映出大片的红，想那一定是玫瑰了。玫瑰生来，便是为了爱情。今天，是要用它们招摇的红，搭建浓烈的背景。进进出出的人，不同的衣着，不同的年龄，但，怀里都抱着同样的内容：玫瑰和爱。

那红色，印证着他们的故事。

一个小伙子，急慌慌地，从我身边经过，他的步态里有着玫瑰一样的热烈。一大束的玫瑰，红彤彤的，像关不住的情事，从他的臂弯里透出。前方，有一场爱情的等待，也许是一个拥抱、热吻，或者微笑。他急慌慌地去奔赴。

再去嗅这空气，竟然有了甜腻腻的味道。抬头看天，有云朵低沉地浮着，有鸟从空中飞过，有潮乎乎的湿气升上来。天，多半是要下雨了。下雨是要来迎合这个古老的传说吗？天庭里的演绎，我们的视力无法触及，传说的真假，我们也无须辨别。记住，怀念，赋予它更多的意义和仪式，是我们能做的，也是乐意做的。

如果，没有牛郎织女，如果没有了这个传说，日子也还是日子，但有了，日子就更像日子了。

我要这样的日子，要带着爱去。

# 除夕，安静又温馨

这个除夕，没有寒风，没有雪花，没有鞭炮声时时传来，也没有烟花漫天绽放。

是冷清了些。

但，过年的气氛还是能从冷清中显现出来的：那万家不灭的灯火，那高高炫耀的大红灯笼，那印在玻璃上的窗花，还有每扇门上红彤彤的春联。红就是一种盛大的铺排，让年以喜气的模样不可遏制地出现。

薄夜里飘着厚重的喜气，氤氲着别样的气息。

没有月，但夜色五彩斑斓，让人感觉，妩媚的春就浸泡在夜里。

我的屋子华枝春满，一些春在隐秘地铺展，一些好在持续地叙述：新换的台布，绽放的花，厨房里忙碌的身影，就要漫上来的年味。灯笼窗花里照出了除夕的逼真模样。

年夜饭，隔着年的饭，是要用了心去准备的。

丫头在厨房里做菜，忙而有序，像模像样。有喜气从我的心底升起。女孩子更应该像女孩子，要会厨事，要懂穿衣，要懂审美。除夕，我在心里默默许愿，让春天，在她的身上呈现美而好的样子。

我在忙着包饺子。饺子，是包住，也是绽放；是句号，也是省略号。那圈住的是过去，待写的是未来。过去的，无论好坏，就让它过去吧，未来才更重要。其实，跟健康一比，什么都不重要了。

他挂好灯笼，然后就抽烟，然后就看春晚。他要抽烟，抽就抽吧；

他不善厨事，不善就不善吧。这家里总得有人臣服。女人的不易是挂在嘴上，男人多半在心里。健康和爱在家里，家里就有持续的温度。

他说，是要把家里所有的灯打开的。他没说为什么，但我想我是知道的。给这个屋子太多的光明，是我们想要太多的光明。这屋子里的灯全部打开，到底是不一样了。全部照亮，是要如此隆重地辞旧迎新了。

春晚开了，什么节目不重要，重要的是一家人围在一起看节目。哪怕不说一句话呢！一家人，在一起，才叫生活。一个人，守着电视，即使是摆了一屋子的花，贴了一屋子的红，那衬出来的都是凄凉啊！

拜年的短信一条又一条，一条赶着一条，过年了，大家总是要在第一时间把祝福送出。腾空手，要回的，一定要回，是感激，也是尊重，哪怕就几个字呢！哪怕是根本不认识的人呢！

还是要到街上走一走的，去看丁酉年的最后一眼，去看戊戌年是怎样从夜色里升起。

小区的院子，又安静又温馨，除夕了，到底不一样了，大红灯笼很热烈，每个窗户里的灯也比以前亮了许多，整个院子被灯衬着，亮如白昼。今年城市不能放鞭炮烟花，是冷清了些，但隐隐约约从远处传来了鞭炮声，那声音来自遥远的乡下。

传达室的大爷还在值班，看见我，把头从窗户里伸出来，脸上堆着笑：王老师，过年好！那问候像是春风，从夜色里升起。不能与家人共度除夕，一起守岁，都是为了生计和一份坚守。我们唯有珍惜，才不辜负这良辰美景。想到此处，我冲着大爷说了句：过年好！那声音分明高了些许。

街上已是火树银花了，其实，前几日便是这样。小城总是早早就做好了这一切——以五彩和明亮这样的隆重来辞旧迎新，是小城的习惯。只是，今年缺少了声音来鼓荡双耳，总归让人不太习惯。不过，安静的除夕也有别样的气质。

街上确实很静。很少有人在街上走动，尽管时间还不到九点。

在迎宾广场的一隅，我还是遇到了故事——热恋中的一男一女。他们挨得那么近，其实今晚一点也不冷。他们在谈论着什么，我听不清，但我想，春天一定从他们的眼里升起来了。有什么力量能阻止一场恋爱？哪怕是除夕呢！

踏着这夜色，我知道，再过几个小时，我就迈入了新的一年。新的一年，意味着向着老又靠近了一些。我不想老。有谁愿意自己老呢？

可我还是喜欢过年。能陪老妈住几天，能闲下来，每天在年味里虚度，又日常又烟火，这俗世的好，又讨喜又放松。小禅说："一个人有了世俗心才有了气象。"生命，无论宏大抑或渺小，无论无聊抑或充实，无论显赫抑或平庸，哪一个能离开这世俗的烟火？

新的一年，我将持续地爱着日常，爱着琐碎，爱着生活的热烈和澎湃。

新的一年，慈悲为善，持灯自照，也照人。继续持续原有的温度，感知世界，记录美好。在文字里，做热烈的舞者，向着精神明亮处奔赴。

新的一年，愿我的心里永远住着春风少年。

除夕之夜，安静又温馨，万物美好，我在其中。

# 岁月静好，你我安妥

昨天，她还跟我热络地说话，今天，说没就没了。院子里的那棵树依旧茂密如夏，而她已变成了树下那片落叶。这没有迹象的意外，就如这夏天的雨，还没等我们备好伞，就倾盆而下了。其实，面对一些迹象，我们也会苍白如空，软弱似风。

整整一天了，我的身心都在灰色里低沉。莫名地，一些担心就如影相随，急急打了电话过去给父母，给婆婆，也给女儿，至此，心才有了安落。

清晨的光线那么明媚，蝉的声音那么悠长，紫薇花开得那么灿烂，茂密的绿植泛着浓郁而饱满的光，烟火的味道浓浓密密地飘过来，飘过去。站在阳台上，我用目光把它们擦拭了一遍，这日日相似的重复，看到，心才会安妥。

光线里，他弯腰拖地，细密的汗水如珠，熟悉的动作如昨，而他已不是那个少年，些微的白发在两鬓顽固地张扬，浅浅的皱纹在额头明晰如刻，暮气也开始在他身上泛出光泽。他跟光阴一起老着。

突然地就想起一句话：春风十里，不如你。此时，这句话正契合了我的心声。春风十里，哪怕是万里呢？是我的，也是你的，而他的爱情只是我的，我一个人的。这屋子，有他的气息才生媚；这日月，有他的存在才丰盈呢。

顺理成章地想到一些细节：他出差刚走，就来一电话，轻描淡写一句，给你备了一把钥匙在那里。昨日，小区门口新上了一种巴西秘制烤肉，他立刻买来，然后，看着我吃，我都吃了，他才高兴。而我节食减肥，他第一个反对，还说，胖点多好……这些细细碎碎的点滴，缱绻而来，都是深情和蜜意。

有他在，就有我幸福的模样，就有我安妥的日月。

把屋子里所有的花都浇水一次，擦拭一遍。它们跟人一样，也要日日打理，它们身上有生命的节奏，季节的质感，是屋子里的另一群居民，它们蓬勃而盛大的气息，会让我枯竭的思维上长出一些灵感的触角，有它们在，我的一些暗角会被照亮。

今日入伏，吃饺子的日子。

菜市场里，我走在人群里，嗅着浓重的烟火味，看着码放整齐的蔬菜，听着嘈杂的叫卖声，晨曦的光线跳跃在街上，停在卖油条大妈的脸上，照出生活的光泽。鲜红大绿的蔬菜、带着浓重口音的话语、行色匆匆的脚步，还有密密匝匝的气息，都是生活的色彩和浓度啊。

在这盛大而熟悉的铺陈里，我能触摸到生命的纹理，感知到生活的蓬勃，这便是我每日里最为庆幸之事。

也看到门口那个摆摊的大妈，佝偻着背，披着满身的暮气，摊上摆放的是一些小饰品，她一双眼，浑浊无神，却露着贪恋的光芒，并不看摊，而是看着来来往往的人。是位退休教师，八十多岁了。她说，她出摊，不为摊，只为人，能看到人，她这一天就安妥了。

厨房，因为另一个人的加入而风生水起。说起来，该感谢这暑假，让一日三餐的细节都落在了锅灶上，又生动又缱绻。平日里，他吃食堂，我一个人，懒得做，即使做了，也觉少了滋味。说白了，日子要两个人来过，才好。

他择菜，我和面，不急，也不赶，连时间都迈着优雅的步态。我贪恋这暖暖的画面、闲闲的风情，还有这繁密而浓稠的烟火气息。实在喜欢这个“闲”字，那些个烦心事都不用去想了，可以随了心意，变了花样，做他所喜之菜。日子水汪汪的，透出迷人的光泽，多么美好！多么踏实！

身体刚一挨着沙发，就听到嘀嘀的声音，语文群里沸沸扬扬，开学要换教材了，全国都要换，改革总是这样出其不意，风一样地刮来。你一言，我一语，工作的热度在屏幕上始终降不下来。我也不由得加了进去，参与，才踏实。对工作应有持续的热度，方能彼此恩养。

灵魂的安妥，是要落在书本里的。

随手拿起白音格勒的《见素见美》，一打开，就看到了这样的句子：“穿过红尘，能记起的，也许就是这曾拥有的某一日，素净、旷达，让人生欢喜心。”极喜这样的句子，极喜句子里落在日月里的小欢喜，又安妥又袅娜，又素净又妖娆。

白音的文字，总是带着与世无争的禅意，像安在深山里的一座寺庙，佛音袅袅，清寂渺渺。是茫茫大雪后的那一片素简，是落日暮霭里的那一方清静。孤清自恋，却又不失诗意。外面的蝉声聒噪，热量浩大，光线也伸着毒辣辣的触角，可一颗心，如果安放在这样的文字里，也便是降温了。

选对了书，也是一件极幸福的事，就如在夏日里，吃了一款喜欢的冰激凌，会满口生凉。

文字同样是要用来养的。用了日日的功力和满腔的热情，就像林风眠养他的垂柳一样，到最后是“寂静，翠绿，潮湿。古老如妖，又静若处子”。即便成不了垂柳，就做一棵小草也可，有绿意便好。心藏幽情，阳光装满，在寂静里写着自己喜欢的文字，甚好。喜欢写字的人，闻到墨香，灵魂就落地了。

夕阳低垂，暮云四合，迷离的光线透着暖意，黄昏总是那么软，用它特有的柔情，对万物表达着爱意。我坐在公园的长椅上，看见了大妈扭着秧歌，大爷在那棵合欢树下逗鸟，还有那个扎着头发的艺人，一如既往地陶醉在他的琴声里……生活一成不变地继续，也是一种绮丽，时时有光照过来。

“有光照的地方，便是心脏。”

我路过一楼的时候，不由得朝着她住过的窗口望去，灯黑着。她在世界的另一头，是否点亮了另一盏灯？

入伏这天的下午，我记下了这些。唯愿：岁月静好，你我安妥。

# 五月槐香

树上槐花倾城雪。

槐花，以雪的姿态绽放在树枝上；槐香，以风的形式游走于空气里。槐花，是春天的；槐香，是五月的。

五月，槐树最灿烂的年华；初夏，槐香最肆意的岁月。

你看它们，多像一群素淡的女子，不张扬，不招摇，即便是开，也避开了人眼，不打扰，在高空里，开得淡定而安静。

槐花，又小又碎，又简约又素白。一朵一朵，明媚地绽放在光下；一串一串，小灯笼一般地挂在树上。风来，它们笑；雨来，它们舞。听！那笑声脆生生的，带着不染世俗的洁净；看！那舞步轻盈盈的，带着女子的温婉气息。

那气息是香。槐花的香，一股股地扑上来，直袭鼻，直抵心，这样过分的香，这样不像话的香，会缠绵你，会缱绻你，瞬间，你感到生活都会软下来。

风动，槐花就更香了。风一来，这香便活了，长了腿，插了翅，到处跑，涌动，席卷，如浪似波，饱满而又浩荡，缱绻而又梦幻。槐树长在南校区，借了风，就满园生香了。满园。

我喜欢这满园的香。一个人，站在树下，在盛大的春光里，看它们在清风里婆娑，在枝头上静舞。就像看着冬天漫天漫地的雪花，只一眼，便要走进去。仿佛天底下，就只有我一个人。那满树的花，那满空气的香，只为我一个人。那些烦心的事，统统都记不起来了，记不起来了。

这么多的花，开给谁呢？有谁能停下忙碌的脚步，放下世俗的心，在它们的下面，站一会儿呢？哪怕就一小会儿呢？我庆幸！我可以，嗅着香，看花，发呆。

风动槐花香。这动起来的，不仅仅是浓郁的槐香、浩荡的春日，还有人的味觉和食欲。是要看花嗅香，是要相约去采摘的，唯此，才不会负了这花，冷了这香。

一大早，就接到一个邀约，这邀约像在我心中埋着的一个梦，被撩了一下，便蠢蠢欲动，便欣欣然，奔了去。像那些槐香一样，被风带着，纷纷扬扬。

三个女人，一个男人。一个为槐花饭，一个为留下美，一个为帮着留下美，男同志，则拿了工具和力气，来成全。也许，我们什么都不为，只为去看一看槐花，嗅一嗅槐香呢。

远远地，就闻到槐香了。走近了，那香就从树上，纷纷落下，到你的头上、身上。在香气里，采摘槐花，是一件极幸福的事。

武老师拿一根竹竿，上面绑了钩子，站在树下，踮起了脚，伸直了脖，左一下，右一下，竹竿一挑，一回旋，一条枝，连叶带花就挂在钩上。刘老师，小孩子似的叫着：看，武老师钓上一条大鱼了！而后，一串笑声在空气里荡漾开来……

槐花终于从树上到了我们手中。它们一嘟噜一嘟噜，像话语，跟我们打招呼。摘几朵嚼在口中，甜丝丝。李老师，用手一撸，槐花像断线的珠子，扑棱棱撒了一地。这一地的槐花，是很容易让欲望的火苗，在味觉上纷纷燃烧的。

刘老师选择又稠又密，又白又饱满的花穗，给我，让做道具。她呢？则四下里瞅瞅，看看，在选择，在捕捉。突然，她指着旁边的一辆自行车，说，多好的道具呀！咔嚓、咔嚓，她按下快门，定格了一些美，定格了一些心情，槐花的香气，也一样被定格了。

爱美的女子灵魂都是有香气的。我想，这香气该是怎样的香，一定是槐香了。

晚上，把槐花洗净，放盐，拌面，上笼，蒸熟，烘油，炸花椒，撒葱，炒了吃。面的香，槐花的香，在厨房里飘，在唇齿间漾。再看着那些照片，槐香就落在心里了。

“槐林五月漾琼花，郁郁芬芳醉万家，春水碧波飘落处，浮香一路到天涯。”苏轼写槐花，漾琼花；写槐香，醉万家。这槐香一定一路走，一路香，到天涯，醉了万家。

这槐花也曾醉了我的过往。它向我陈述，童年或者遥远，它让我想起了母亲和炊烟。

家乡的院子里，屋后头，河沟，地头，这里一棵，那里一株，槐树像一些上了岁数的老人，守着村子。每年的五月，它们像商量好了似的，几乎是同时，村子的上空都挂满了一嘟噜一嘟噜的灯笼，又素白又简约。

槐花一开，母亲就喊我和弟弟去摘槐花。弟弟围着院子里的那棵老槐树，身上揣了把镰刀，把鞋一丢，噌噌噌，不一会儿就骑在树脖子上。母亲叮咛的声音，被甩出了很远。

我在树下一边捡拾，一边指挥着他：那边的稠密，这边的白。我摘着肥硕而素白的槐花，咧开了嘴笑，槐花也咧开了嘴笑。我闻着槐香，嘴边泛起了一阵阵口水，想到中饭就可以吃到它们，我的动作加快了。

母亲说，一过五月，就没有槐花了。

槐花蒸饭、槐花烙饼、槐花炒鸡蛋……母亲总是变着花样，做各种槐花饭。在那物质匮乏的年代，我记住了五月，记住了槐花。

我记住槐花，是为了解馋。

槐花的清香是浩荡的，它能打通时空的辽阔，能还原生活的场景。在槐香里，我嗅到了往昔的味道，记住了母亲年轻时的脸庞。

我还做槐花饭，可我早已不是那个站在槐树下的小女孩了；母亲也还做槐花饭，可只能给她和父亲吃了。

以前，我站在槐树下，只为了槐花饭；现在，我站在槐树下，更多的是为了看看槐花，嗅嗅槐香，让疲惫的身心安静下来，在那素白里，寻得几分洁净和无邪。

在世俗里，要保持洁净和无邪，是不易的。这要经过多少的诱惑和不甘。可在槐花面前，你不会再想别的。不会。

五月，槐香飘满校园，也飘满母亲的灶台。

我一个人，站在槐树下，嗅着香，看花发呆。那一刻，什么都记不起来了。

## |第三辑|

# 那些缱绻的时光

# 寻味官道巷

越来越喜欢古意，喜欢具古意的东西：瓶瓶罐罐、印染粗布、老绣片、旧铜锁……它们都是一副老人相，带着薄凉的暮气，聚着陈旧的光阴，落满沧桑的故事。

榆次官道巷就是这副模样，它是以小镇的形式珍藏岁月，散发古意的。

它多像一位老人，穿了粗布衣，着了老布鞋，站在岁月深处，正用了目光，看着从川、陕、晋南匆匆赶往燕京的马帮行者，那目光又慈祥又温情。然后，铺开家的味道，接纳他们的疲惫、劳顿和仆仆风尘。驼铃声、马蹄声淹没在炊烟和粗瓷碗里，大红灯笼次第亮了起来，一颗奔赴的心找到了靠岸的码头。

那人也如老树画里的那个人一样，不穿绫罗绸缎，不佩朱缨宝饰，只穿粗布棉袍。你看，三里长街、烽火台、青龙桥、南北街楼，都弥漫着他古朴的味道。过百的店铺古味更浓，也更重：泥墙、青瓦、木窗、石碾，每一样都上了岁数。屋檐下的灯笼，大红艳艳，像那任性而又淳朴的小女子，那些倒垂下来的辣椒、玉米，又把烟火一层一层铺开。

我站在这北方的古镇里，在这通幽燕、连五省、接秦蜀的边陲古道上，在他的荒凉里感受着温情，在他的繁华里享受着清淡。昔日的味道一起漫上来，那味道又陈旧又古朴，又苍茫又厚重。那味道，有民国味，也有爷爷的体味。

古，是开在时间深处的花，不艳，给人的却是一份踏实和安全，似亲肤的棉麻，像软底的布鞋。

当我穿了棉袍，着了绣花鞋，穿梭在古镇时，一抬眼就看到了孙二娘煎饼店的老板娘——她穿了一件咖色的老粗布衣，绾了民国的发髻，皮肤没了水色，可淡定从容里却多了份似曾相识的感觉。她不慌不忙，正用木勺舀了面糊，摊一张一张的煎饼。我说我要吃煎饼，她就停下摊，把做好的煎饼刷上酱、卷上菜，然后，递给我。没有讨好的殷勤，只有质朴、风轻云淡和不慌不忙。这就是官道巷，就连做生意也都一副闲闲的表情。

凡事落在闲上，就有了风情。

所有的人都去奔赴生活，只留下这么一个小镇，闲闲的。还有几个女人，闲闲的。

吃一碗老字号凉粉，来几个锅贴。然后，在凉亭里喝一杯老茶，不慌不忙，看着时间，从屋檐下穿过；看着白云，在蓝天里闲游。什么都不想，就坐着，发发呆，也好。

如果是在雨里，坐在这个位置上，喝着这样的老茶，那就妙不可言了：细雨烹茶，微风吹发，烟雾迷蒙，湿气氤氲，自己也就像一枚老茶，漫漶出的都是意境。如果对面坐着那个从祁县来的王维，再听他讲两句唐诗古韵，偶遇知音的惊喜，是美得不要不要的了。或者，就到不远处的竹林里走走，也不打伞，就听听雨润竹林的缠绵，也好。

这清淡、闲适、古朴，每个店里都装着。老醋坊、糙酒堂、豆腐坊、香油铺都有。

我站在石磨面坊里，眼睛就被粘住了。石磨、簸箕、箩带着悠远的味道，还有亲切的表情，都是记忆的唤醒。那个穿碎花布衣的女人，在箩面。面，沙一样地从网里纷纷而下，阳光从古老的木窗洒进来，覆盖在她身上，那不就是当年的母亲吗？屋子里遍布村东磨坊的味道，还有母亲的气息。

门外墙壁上挂着的那串玉米，金黄饱满，不就是挂在我家墙壁上的那挂吗？

还有那串辣椒，那上面母亲的体温还没凉呢！

有一家老粗布坊，老缝纫机、戴着眼镜的老裁缝，靠墙一排铺开的各色印染布，空中挂着的各种粗布衣，那种亲和的模样，很容易让人生情。就买一块印染蓝花粗布吧：蓝花的花瓣边缘淡开漫开，洇出一层一层的意境。就想，买回去，铺到书桌的一角，书屋也会有不一样的味道了。

太多了，积淀了一百年的时光了，脚步怎么几分钟就能逛完？每一项手艺都是经过万人手、千人智慧传承下来的，要细细体会和品味，那些个味道才余音绕梁，才有魂。再说了，百年都等了，还在乎这一个下午吗？

累了，就到青龙桥上，在老树的伞盖下，斜斜地靠了桥栏，看斜斜的阳光下，这些古物发着的光泽和气韵。或者就走到那边的秋千架下，天真地坐着，慢悠悠地荡着，那些童年的时光仿佛瞬间都给荡了回来，一起回来的还有天真和无邪。

这天真和无邪要回来，好不易，得穿过多少世俗和不甘啊！

那片老枣树林，枣树下的那片阴凉，都在泛着苍绿的光泽，那疏影里，有爷爷的蒲扇在摇啊摇。

那片格桑花，举着茶盏一样的朵，在阳光下，铺一地的笑。我坐在枣树的影子里，看它们，总觉有了它们年轻而跳跃的衬托，小镇会温婉柔软许多。就像屋檐下的那些大红灯笼一样，它们都是小镇的胭脂，一涂，小镇就妖娆了——一种黄土地上开艳花的味道。

一个下午，我都浸在官道巷，官道巷是一缸百年老酱，需要慢慢浸透，才能有老酱的味道，它百年的风骨韵致才会被一点点渍出来。

官道巷是慢的，不急不躁、不慌不忙，就像它的本职驿站一样，你经过，我就接纳，你不经过，我也不强求。我静默着，从容着，才不管你是兵荒马乱，还是喧嚣嚷扰，我就是一副朴素沧桑、雷打不动的容颜。

我极喜它的这股味道，粗粝原始，自然从容，带着粗犷的气息、凉凉的质感和亲切的唤醒。跟红尘隔着很远距离的地方，都会让心情放松，心灵靠岸。

烈炎腾腾的午后，我邂逅一场古意，顺着它的经脉，我作了一次视觉的品味。

官道巷，其实我更愿叫它古镇，前者有战火味、官宦气，我更喜欢它从容不迫的烟火味。

劳顿、烦躁之时，我还会去官道巷这个百年古镇。只是希望再去时，它不会被太多的脚印踩乱，还保持它的古味风韵和从容不迫。

# 纵　情

纵情。我很难再找出一个词语形容桑科草原，以及草原上生活的藏民。

桑科草原，是拉卜楞寺挂起的一片经幡，是夏河边散放着的一大匹锦缎，在三千多米高的海拔上，哗啦啦顺势而下，如浪似波，辽阔深邃，浩渺无边。

多么纵情！这走势，从天边而来，一直铺陈到你脚下，带着一泻千里的气度、洋洋洒洒的浩荡，没有阻挡，没有桎梏，像脱缰的马、奔驰的风，放开了胆，撒开了腿。苍穹之下，原始的状态和气息在氤氲、蔓延……

八月里，桑科草原在这片神奇的土地上纵情，以声色鼓荡着我的耳目。

你看那草，高的举着小穗，矮的匍匐于地，以高昂的长势跟土地缠绵、热恋。在它们的茁壮里，流淌着土地醇厚的精血。那些散在草里的小花，黄的红的，紫的白的，像星星，不大，却有着明亮的色彩，自由的奔放和持续的热烈。

吹来一阵风，八月还不是风强劲疾驰的时候，但没有经过人群过滤，没有经过高楼切割，没有经过人声搅扰的风，是野性的、清冽的，又自由又彻底。风的经过，决定了草的走向，在草原一起一伏的节奏里，我听到了它欢快的呼应和幸福的喘息。

天似穹窿，更似蒙古包，扣在草原上，蓝汪汪，清亮亮。云再无秘密可言，大朵大朵的，低沉地浮在天空，裸露着，任性着，也真切着。看，那一朵就挂在远处的山脊上呢，下面是草原，我站在那里，仿佛唾手可摘。手可摘云朵，在这里不是神话。天空的秘密被草原戳穿，这里能看到天和云本来的面目，磅礴里的风情，任性里的纯真。也许，广阔的草原，是它们纵情的理由、任性的舞台。

苍穹之下，在这样的广阔里，勒在人身上的绳索会瞬间松开，人的想象也变得单一直接：什么都不做了，就做草原上的牧民或者牛羊，甚至是一棵草、一朵花，也好，在清风里婆娑，在草原上纵情。

此时，灵魂已插上了羽毛，在草原上飞翔。

纵情的还有牛羊。这里一堆，那里一簇，黑的是牛，白的是羊，骑着马儿，弹着马头琴的是牧民。羊儿是天空掉下来的云朵，牛儿是草原上开出的格桑花，牧民是飞翔的天鹅。饿了就吃，困了就息，闷了就唱着各自的歌，又孤单又肆意，又自由又纵情。身上只有自己和光阴，再无其他。

坐在草地上，丰腻的绿浓而不重，远处有烟燃起，有歌声飘来，暮气漫上来了。酥油茶的清香，清洌洌地飘来，带着私密的气息和藏民的体味，还有未知的悬念。有风从耳际吹过，有虫声啾啾唧唧，披一身晚霞，这样坐着，真好。

湿气渐渐加重，月色清凉如水，夜色往深里走，“日之夕兮，牛羊下来”，草原陷入了暂时的静谧，随着蒙古包里灯火的点亮，草原又迎来属于夜的沸腾。

还是纵情。更加纵情。

一场晚会，让我有了机会，得以窥见、熟悉和热爱。这个草原上生长起来的民族，狂野奔放、直接彻底、纵情热烈、明亮蓬勃，还有热情好客。

踏上草原，你就是客人。藏族小伙一脸庄重，手擎青稞酒，祭天，祭地，祭神，也迎你，然后，躬身弯腰，献一条洁白的哈达于你。你就是藏家的客人了。那么，在盛情里，安下心，忘记白天，忘记从哪里来吧。

只要坐下来，你很快就会被感染、融入和渗透。我不是太喜欢歌舞，怕吵。但眼前的这场，却颠覆了我的认识。因为，我骨子里的喜欢，理想中的歌舞与它不谋而合：不做作，不煽情，有原始的味道、奔放的气息、纵情的极致。这让我想起了乡村的模样和儿时的片段。

我盘腿坐在第一排，听他唱歌，中间只隔着灯光，这直接，真好！他有着健硕的肌肉，黝黑的皮肤，闪着亮光，像涂了一层酥油，戴着的耳环，也一样明晃晃地发着亮光。他穿着马甲、长靴，腰里裹着一件藏衣。声域宽广嘹亮，有厚度，有力量，狂热而奔放，纵情而驰骋。一出口，便有一种震慑力和强大的磁场。这场面容易让我想起那个唱高原歌曲的韩红。掌声一波又一波，像草原的风起伏翻滚。他用歌声跟五湖四海，跟世界各地，跟各种肤色做了最为直接的传达和沟通。

还有那些充满特色的舞蹈，都很真，很纵情。动作的舒展，节奏的明快，忘情的投入，会让你情不自禁地走入这片神奇的草原，走入这个热情的民族。哪怕是要放弃许多呢。

到这个时候，心已经纵情。然后，是身体。

烟花燃起来了，草原的上空，开出五彩斑斓。篝火燃起来了，火光冲天，像一面旗，映红了天空，映红了草原，也映红围着它的游人和藏民。

跟在藏民的身后，开始是几个游客，后来渐渐多了。一圈又一圈，密密的人，纵情地舞，耳边飘着粗犷豪放的牧歌，眼前有烟花闪烁。放下矜持，放下身份，情不自禁地卷入、淹没。跳得不好，不重要，太不重要了。过程比结果更令人兴奋、纵情和难以忘怀。

篝火燃着，月明着，人舞着，歌飘着。

一个能歌善舞的民族，一个英勇泼辣的民族，带着原始通透的天性，以自由纵情的方式存在着。天空就是牧民的航向，草原就是牧民的栖所，歌舞就是牧民的另一种表达。

哦，这片纵情的土地，这个纵情的民族。

八月，用了半天时间，我与桑科草原作了一次刻骨铭心的约会。像草原上的一股风，纵情地吹过，然后，趋于平静。

# 绝版的郎木寺小镇

郎木寺不是寺院，是小镇。

绝版的小镇。一个镇子归两个省管辖，藏回两个民族混居，喇嘛寺和清真寺并存。不同的种族、不同的风俗、不同的信仰，在这个小镇交融渗透而又彼此独立。你做你的礼拜，我晒我的大佛；你吃你的清真，我享我的酥油。共用同一条河，齐享同一片蓝天，互不干扰，互不介入，这和平，这融洽，都盛放在了这个叫郎木寺的小镇。

这个小镇有着独特的内涵、气质，带着一股瑞士小镇的风情，又潮湿又神秘，又休闲又随意。

甘肃与四川的交界，以小镇的形式完结和开始。郎木寺小镇是开在它们交界处的一朵格桑花。这格桑花，不艳丽，不妖娆，也不精致，却有着高原红的热烈、不羁和淳朴。

它不是江南小镇，也不是北方大院。江南小镇太粉，北方大院过于方正。它是散落在山坳里的一件藏袍、一条经幡或者一块盖头。风过之处，有酥油茶的清香、马头琴的悠扬，还有一股浓浓的散不去的体味。

这味道，在空气里弥漫、氤氲，一股，一股，扑上来。到最后，你会发现，你的衣服、发丝、皮肤里都会遍布。你使劲嗅，最初不习惯，很快，这种醇厚的、奶白的、带着浓浓羊膻气和酥油的味道，越闻越浓，越闻越重。在这样独特的小镇，闻这样独特的味道是必然的。小镇的一呼一吸里，都有这样的气息。

我随意地走在小镇的街上，就像走在一页经幡里，又神秘又肃穆。那路上三三两两走着的喇嘛，向着同一方向，那是喇嘛寺的位置。他们身着绛红色法袍，蓄了发，一脸虔诚，不紧不慢地走着，游人看他们，他们并不看游人，只是神色安然地走着。

这就是郎木寺，不管外界多么繁华，我依然朴素着我的朴素；不管外界多么喧嚣，我依然安静着我的安静。

不动心，有信仰，默默坚守，心中就会开出桃花源。

有点像世外桃源，什么都不在了，就留下这么个小镇，就留下小镇里的一群信徒，晒大佛，做礼拜。或者什么也不做，就坐在台阶上看来来往往的人，看日出日落。这样的人，在小镇上走一圈，是不难遇到的。

你看，在临街的台阶上，坐着一位藏民，黝黑的皮肤上，两坨高原红，像两朵格桑花，眼睛深陷下去，面无表情，像一尊佛像。裹着一件藏袍，又灰暗又油腻，落满岁月的尘埃，仿佛一年都没洗过。我经过他身边的时候，太阳还在，太阳不在的时候，我又从他身边经过。

这样的闲，会让我感觉自己脚步太快。经过他们时，脚步会情不自禁慢下来。

卖绿松石的藏族大妈，坐在临街的摊前，看我们过来，也招呼，也叫卖，但没有讨好和狡黠，她很费劲地说着普通话，却依旧有浓浓的藏味。她会一脸真诚地告诉你，这一串是真的，那一串是边角料合成的。如果在别处，我会对这样的话打折，但此刻，我信，就像信我的邻家大婶一样。

这个小镇，让我放下了对人的戒备、猜疑和揣度。

来小镇，是要到临街的店铺逛一逛的。一条路，把店铺隔成南北两列，新的旧的店铺，一间挨着一间，有丽江的味道，但没有丽江的拥挤和堆叠。男的女的老板，一样真诚，一样有寡寡的闲。各家大同小异，无非是一些围巾、披肩、衣饰、挂件，但都有着浓浓的地方特色。价格也实惠。我买了一件长裙、一条围巾。

我的买，也是绝版的。那衣物上，记录我的路过，遍布我的审美，散发着小镇的气息，还有那家店主人的温度。

夜色渐渐上来，偏偏又下了一点如丝小雨，朦胧的灯光下，小镇安详沉静的样子，像一位刚刚从浴室里走出的仙女。这一刻，更应和了“郎木寺”这个名字，郎木寺，藏语是仙女之意。整个镇子像一幅水墨画，在淡淡疏影里，依稀可见穿了藏袍的女子，向着来往的汽车招手，她们的后面是发着幽幽灯光的旅店。也有戴着头盖的回族女子，撑着伞，漫步在烟雨里。

这个时候，最惬意的是吃一些当地的小吃。就找临街的小吃店坐下，精糕、粽子、银耳、甜焙汤、酥油茶……即使是一样的叫法，但绝对是不一样的味道。即使是丽莎餐厅的西餐，都带了本土的味道。这味道，是郎木寺的味道，是绝版的。

更绝版的是它的地理环境：四面环山，山上树木成荫、郁郁葱葱，风景优美。五彩经幡高高飘扬，在风中发出猎猎的声响。庄严肃穆的寺庙里，飘出袅袅佛香，寺庙屋脊上的法轮、金鹿在阳光的辉映下金碧辉煌，一派佛界风光。这风光，也是其他小镇所没有的。

高原强烈的阳光分外灿烂，分明就是艳阳高照的盛夏，可随便一处阴凉之地，都是凉凉的触感。尤其是早晚，分明又是春秋之季，下过雨后，穿羽绒衣都不觉暖。难怪，来这里，一年四季的衣服都要备上。

一条小溪穿镇而过，溪水潺潺，并不宽阔，也就窄窄细细一条，却也叫“白龙江”，这气派浩大的名字，实实与这溪不配。这就是郎木寺，连小溪也要称作江。一群藏族、回族、汉族妇女，蹲在石板上，一字排开，进行各种刷洗，那该是怎样盛大和烟火，据说，这是常事。可惜，我并未看到，是多少带了些遗憾的。

就这样，我与郎木寺有了一次匆匆的会面，匆匆，却又刻骨，因为那气质独特，也绝版。

# 梦圆小五台

白色的房子，清脆的鸟鸣，绿色的草地，散在草丛里的小花，还有远处天边橘红的夕阳，柔软的光线，隐隐约约升起来的暮霭，河水般清澈的静……斯嘉丽穿着白裙，在塔拉庄园里奔跑，欢快明亮，多像天使！

读玛格丽特·米切尔的《飘》，我记住了那幅美得要把人击毙的画面，那一刻，就想，如果有那么一天，在这样的庄园，做这样的斯嘉丽，多么美！

榆次小五台庄园，以山的敦厚，水的温婉，草的青翠，花的鲜艳铺展成一个热情的怀抱，接纳我，以及我那尘封心底的庄园梦。

小五台庄园沐浴在夏的晨曦里，多像一位慈眉善目且沉默寡言的菩萨，她背靠山，姿态端庄，双手合十，打禅静坐。在她阔达的胸怀里，长出高的矮的树，密的疏的草，艳的素的花，还有那镜子般明亮的湖。看，那些贴山壁而建的窑洞，多像她睿智而闪光的眼睛，那些啾啾的鸟啼，多像她诵读的经文呀，晨曦薄雾，不就是她慢条斯理的气息吗？

这气息，又浓重又潮湿，又清新又原始，带着一股地气和仙气，还有一股淡淡的禅意，那禅意来自沟壑里的文殊寺，当年的繁华和香火都迁移到五台县的五台山了，又经时间的稀释，留下的只有这丝丝缕缕、清清浅浅了，而作为庄园，这恰恰好。

恰恰好，一切都是那么恰恰。

漫山遍野的树，海洋一般，汹涌成满坡的凉意，为小五台搭建了凉爽而葱茏的背景，在这盛大的背景之下，再燥热的心，也会平静下来。阳光走到这里，仿佛被山挂住，只把缕缕光影投下，人走在疏影里，像走在一阕凉意习习的宋词里，似沐在清清淡淡的月光下。说不出怎么个舒适，但哪里都觉舒适。

这样的时候，我就想到了那个大唐的李世民，他当年路过榆次，绕道来小五台，小住几日，一定是往这清凉怡爽里一站，说不出哪里舒适，但觉哪里都舒适吧。多亏他绕道，不然，真是遗憾！

我也遗憾，离这么近，却这么晚才来。身边就有庄园，却还在迷恋斯嘉丽的那个，相比之下，她那个就逊色了好多。

你看，这里多茂盛，多丰盈。小径两旁是树，是草，是花，是一片葱茏的长势，是一树树最美的年华，是淳朴而又天真的笑靥。一丛丛的金银花，在阳光下，闪烁一地的富贵。那边是枣树林。那边呢，樱桃正红，小灯笼一样，挂满喜庆。再往远处呢，是一片又一片的树林，隔着距离，看不清是什么树，只是绿，满满的绿，大海一样，在微微起伏。

还有香。花的香，叶的香，树浓重而苍老的体味，在太阳下，又氤氲又缠绵，又清晰又模糊，湿湿的，咸咸的，香香的，说不清道不明的。只想着就这样陷进小径里，不出来，便好。

还是喜欢在草坪上坐一坐，这里的草坪与城市的不同，分外孤寂，又分外销魂。你坐在偌大的草坪上，看偌大的天空，心也会变得辽远而阔达。那花环，那厅边的丝帘，会让你有新娘的感觉。只有这里，会让我有做新娘的冲动，如果这时恰恰穿了白裙，那这份冲动就更强烈了。

这里的厅特有风情。八角的檐似鸟张开的翼，四周的丝帘制造了一种朦胧的意境。坐在里面的长凳上，隔帘看花、看天，看光线与万物的缠绵。风轻悄悄的，花的香一小股一小股扑上来，扑上来。如若这时，隔着石桌坐着的是友，再来一杯这里老井的水烹泡的老茶，再来几盘这里自产的酸枣、杏干什么的，那日子就只剩下闲情和美好了。

我顺着湖边走，放眼看那湖，湖在谷里，像一块碧玉，绿莹莹地透着光。然后，时光悠悠——船在水上漂，鱼在水中游。漫步的漫步，闲坐的闲坐，垂钓的垂钓，时光就这么慢慢老去。

如果，这时恰恰夕阳低垂，暮云四合，烤一只刚刚打捞的鱼，一边看夕阳，一边吃。然后，看天怎样一点点地黑下去。

这情景，让我想起了陶渊明，想起了他的世外桃源，和他清淡而孤绝的气质。如果他现在还活着，就漫步在湖边，或者耕作在田里，他还会回到“结庐在人境”的喧嚣红尘里吗？

如果可以，我愿把这里作为我老有所依之地。董事长左女士，五十多岁，有山的阔达，水的灵秀，举手投足里都有掩不住的干练。她告诉我们说，她正在筹建。听她一说，我干净明媚的老年生活，仿佛就不是一个传说了。

在庄园，你会发现许多瓷大缸，褐色，发着幽幽的光，盖用红布蒙着，以为是酒缸，却原来，是用来做罐罐肉和罐罐豆腐的火具。水是深井水，豆腐是自磨的，肉也是散养的牲畜……绿色铺满桌子，食欲也陡然火一样往上蹿。再看那些餐具，古的底色，古的纹理，而抬头看到的是穿了斜襟衣服的服务员，正用了一脸的淳朴，山花一样地，对你笑。

如果这饭菜，在窑洞前的石桌上铺开，听着鸟鸣，嗅着花香，在窑洞里吹出来的淡淡凉意里，从容不迫地吃着，一小口一小口地喝着，有一搭没一搭地聊着，那一切都慢下来了，就连光阴也慢下来了。慢下来。

这偶尔的慢，太重要了。

来了就一定要住一晚窑洞的，尽管几十分钟的车程，这看起来有点奢侈，但不住窑洞，你是不能体会小五台真正的性格的。它的厚实既给了窑洞以暖，又给了它以凉，而且恰恰顺应了人之所需。盛夏之下，天然空调，舒适的陈设，这妥帖的守候，要多舒服，就有多舒服了。

就是夜晚，你一抬头，看到月亮也会惊叫一声：哦！这月亮，也便是小五台的月亮了。

小五台是榆次人的庄园。这里既有欧美的风情，更有中国传统的气质，这真是小五台庄园的迷人之处——浪漫与朴实并存，奢华与素淡共有。更重要的是，这里的山山水水、花花草草都用一腔的热情，欢迎你。

在小五台走了一圈，住了一夜，我不再想斯嘉丽的庄园了，她的庄园只有欧美味，那是一种飘浮着的味。我还是把梦放在小五台庄园里，更妥帖、更安稳一些。

# 呼市：粗犷亦温婉

一提到呼市，我就会想起战马、弓箭、鹰，强健的体魄、魁梧的身材、粗犷的气息，还有策马驰骋能超过风的速度和要撞破天的力量。

一过杀虎口，就到了内蒙古。

到底不一样了。十月，天高，云却不淡，还放肆，一大朵一大朵的，像蓝色幕布上绣的白花，在那此起彼伏的丘陵上落下、升起，或者停驻。还有那蓝，也放肆，像湖，又像海。车像快艇，飞一样，要把这满湖的蓝撞碎。

内蒙古的经脉延伸到阴山脚下，汇聚交集，流入它的心脏——呼和浩特市。呼市像内蒙古心脏上长出的一片草原，这草不是春天的草，是秋天的，青里蕴有经历后的沧桑，绿里落有时间的尘埃。

一座古典而又现代的城市，一座驮在马背上的城市。高级酒店、气派饭店、金融大厦……雄伟、新颖而高雅。作为一座北疆古城，它无疑是有经历、厚度和故事的。呼和浩特，蒙语为青色之城。这意思，给人青色的畅想、蓬勃的希望和未知的神秘。

走在秋风里，眼前是辽阔、悠远和深美。平静和成熟的味道氤氲，恰如眼前的呼市。

如果用人来比，呼市绝对是一个男子：魁梧、彪悍和不羁。失却小桥流水的精细，粗线条的呼市更具力量、劲道和风骨。

随便到街边的任一个商店看看，衣架上太过宽大的衣袍，总会让人想起牧场、长鞭、马头琴和牧民。这衣服与我们的体形总有些距离，这中间隔着的是环境、饮食和血统。面对这些衣服，我失去了试穿的勇气，也降低了买衣的热情。卖衣服的是一位女子，有着魁梧的身材、西式的鼻梁、粗粗的嗓门和夹杂着蒙味的普通话。

像这个城市的性格。

烤全羊、涮羊肉、手把羊肉、烤羊腿、炸羊尾，统统是羊，多豪爽，多痛快，吃大口肉，喝大口酒。尤其是那羊杂碎，五肠六肚，细细碎碎，满满一大碗，上面漂了一层红红的辣椒油，撒了一些绿绿的香菜，鲜红快绿，连诱惑都那么直接，吃！容不得迟疑，那香味就蛊惑你了，再来一笼烧麦，那烧麦，晶莹剔透，一口咬下去，汁香饱满而流溢，那种酣畅和快意，对温婉的南方女子，绝对是一次挑战。

馕饼那么大，焙子那么实在，馓子像个毛线团，奶酪多么地道啊！还有那有着藏民体味的烘干牛肉，那么筋道，在嘴里嚼来嚼去的，还不烂，香也霸道，又厚实又浓郁。多民族的混居，风俗的独立，习惯的保持，在饮食上那是百花竞放、异彩纷呈，汹涌澎湃啊！

一座城市的性格是从吃显露的。江南菜偏清淡，湘菜喜麻，川菜的生命在一“辣”字。去呼市要吃，要去矜持、丢羞涩地吃，唯这吃相才会与呼市同频。

呼市是粗犷的，但亦不失温婉。

蒙文，是呼市的标志，它们像直立着的羊肉串，透露着这个城市的私密，也像提了裙摆亭立的舞女，一副温婉骨感的模样，很惹人爱恋。这个城市，瞬间就软了下来，软下来了。这些蒙文，会让你忘记从哪里来，但清晰地知道你要到哪里去。

来来往往的人群中，偶尔夹杂着头裹黑巾的回族女子，经过她们的风经过我时，带来阵阵香味。这香味，又新鲜又神秘，我居住的城市很少能闻到。

我在烙馕的新疆女子面前停住，看她的馕，也看她：棱角分明的五官、高高的鼻梁，还有那浓黑的眉毛，多有立体感啊！多像油画里的西方女子！我要了馕，咬一口，有香在唇齿间漫上，那香里一定渗进了女子的味道了，那馕也便更香了。

在伊斯兰风情街走一圈，会有异域的感觉：叠涩拱券、彩色琉璃，球形殿顶、柱式塔楼，丰厚饱满的绿色、轻描淡写的黄色，精美又有风情。浓郁的伊斯兰风情。这个风情街，像呼市的一条丝巾，又飘逸又柔软。也像呼市怀里的一个小女子，风情万种，含情脉脉，温婉无限。

呼市粗犷的性格里，有温婉在一点点，向外渗。

呼市的温婉在羊绒制品里。羊绒围巾、羊绒衫、羊绒裤……绵软柔和，亲肤细腻，像三月的风，也像女子的气息。更喜欢的是商店里满墙都是，这盛大的背景下有暖在升腾，有民族的味道在氤氲。深秋了，是该买些回去，挑选，买下。想着它与哪件衣配了，一定会穿出秋的风韵。果然，到底不一样，又纯粹又经济。贴肤再穿时，恰似穿了呼市的温婉。心，便升腾起丝丝怀想和暖意。

傍晚，阳光斜斜地照下来，照在了两千年前那座青冢上。青冢下是王昭君。

有人说，王昭君的春天是从秋天开始的。不愿与万千粉黛争宠的王昭君，带着孤绝凄美的春光来到胡地大漠，来到了呼韩邪单于的身旁。春光洒下来了，自己是秋天又有什么关系？太没关系了，和平的白鸽已飞翔在蓝天白云之下了。

王昭君笑了，那微微上翘的笑容里，漾着勇敢、善良、聪慧和美。那笑温婉了呼市，也温婉了历史的天空。

有风吹来，比刚才更有骨力了，这风，是呼市的呼吸，起落里都有它的秉性。吹到我脸上的时候，我感觉到了它的力度。而时间刚刚初秋。

难怪，它的市标为“腾飞的骏马”，它的市花为“盛开的丁香”。骏马，昂首扬蹄；丁香，温婉可人。阳刚与阴柔，粗犷与温婉，一并在呼市茁壮、蔓延和遍布。

对于这座城市，我谈不上多喜欢。最多是看到这个名字，或谈到这个城市时，我会有了别样的情愫和温暖的怀想。想起呼市的时候，就会想起它的粗犷和温婉，还有那些闲闲的走、大口的吃和喝。

# 能去山里走走，便好

放假，是平静生活中的微澜，闲闲之处尽显妖娆；是炎热里刮来的凉风，习习之中皆是清香。

放，是放下，也是放飞。放下了，心就腾空了，插上羽毛，灵魂就自由了。

初夏的风，拂过清晨的第一缕光，粽叶的香、艾草的味，在空气里渐次展开，那气息，又氤氲又缠绵，又烟火又温情，却又不急不躁，从容自若。

一颗要出去的心，像极了这初夏的晨，从容里藏着浓烈，平静里生着蓬勃。

是年岁了，越来越喜清净之地，就是去山上，也要选游人少的。那里，没有喧嚷的噪声，没有密集的脚印，没有浓重红尘味。那里有你想要的气息，那些浓浓淡淡的绿，那些大大小小的花，那些痴痴而唱的鸟，都在深情地，等你。

板山，是我们四个人一致的选择，我们选择了它，倒不如说是选择了清净。等我们站在它的山脚时，我庆幸这样的选择。

“群峰壁立太行头”说的就是板山。它群峰壁立，绝壁千仞，奇峰异石，雄浑险绝，像屏障，遮住了太阳，遮住了炎热，也遮住了生活。于我，哪里的山都差不多，无非是海拔的高低，植被的多寡有别而已。板山，只一眼我就看出了它的秉性，带着一副从容安详的清净，还有一股凉凉的风情，这模样，容易让人生情。

看看那些树，庞杂错根，老态龙钟，长成了一截岁月，从它们满脸的暮气里，你可推断山的年龄。从那些蓬勃浩荡的绿里，你分明又嗅到了年轻的气息，又肆意又汹涌，兽一样，那力量，是拦不住的，拦不住。

那些花呢，或挂在树端，或散在草丛，哪怕是台阶两边的石峰里，你随处都能看到它们的身姿，明媚而摇曳，艳丽而招摇。便不由得想到了我的盆栽，总是精心，总是小心翼翼地伺弄，却总也是一副病歪歪的样子。哪像它们，失去了呵护，依然一脸灿烂，灿烂地开，灿烂地笑，开成了一地的灿烂，笑成了夏天的样子。看来，于它们，自然是最好的养料，自由是最通畅的呼吸。

这摇曳着的花，是要蹲下来嗅一嗅的，彼此靠近，彼此打开，交换一下彼此的气息。把脸凑近它们的刹那，那些嫩的瓣，艳的色，会让你产生脸如花的错觉，并希望时光就此停滞。那种私密的美感，只有你知，花知。

是要采几朵，来插花。插头上，我帮同去的姐姐插到发髻上，一朵铁线莲，紫瓣黄蕊，蝴蝶一样地翩然于头上，五十多岁的姐姐孩童一般，一脸花色。姐姐的先生也禁不住了，拿起一朵，又插。这少有的放松和自由，这本质天真的流露，便是花赠予他们的。我迅速拍照，只想定格瞬间。许多年以后，当他们看到这张照片时，一定会有清风唱晚的感觉。

此刻，突然想到《文史天地》上的两句诗：“美人是花真身，花是美人小影。”花与美人，是彼此懂得，彼此呼应，彼此照见，才有彼此的美好。

花儿坳是山的最高处，那里长着一种叫“勿忘我”的花，小小的朵，艳艳的色，一簇一簇的热情，满山巅燃。这花，开得那样盈美，那样热烈，大概是想让人们记住，勿忘。我禁不住采了一束，要回家养着，要的。我想，它们和我是彼此遇见，这遇见里，一定有一份缘分和彼此的懂得。

一波一波的鸟鸣，在雾霭里穿梭，在绿叶上荡漾，在清风里走来，又走去。接着你看到的是一只两只的鸟，从草丛里直蹿向云霄，或者，就在你旁边的树上嬉戏，你停下来看它们，它们呢，才不怕你，也睁着眼睛，看你。那感觉，又好奇又兴奋，又倾心又含情，像恋人，也似故人。

这样的时候，全身的器官是要打开的。那些香气，青草的，绿树的，野花的，山的……又浓郁又清淡，又热烈又安详，一股脑儿地入肺浸心了。不大一会儿，它们就占据了全身，浩荡而汹涌，霸道而固执，赶都赶不走了。

人在自然面前，是很容易就把自己彻底放进去的。

想走就走，不想走了，就坐下。凉亭是山长出的翅膀，坐在里面，就是坐在了鸟的翅膀上，是飞翔的感觉。大朵大朵的云，在天庭间闲步；成批成批的雾，在山谷里升腾。还有那风，带着凉凉的风情，轻拂你。天穹的真切，仙境的朦胧，云彩的纹理，都那么通透，再无秘密可言了。欲仙欲死，说的大概就是此时的感觉吧。能让人美到要死的地步的，那一定是美得不像话了。

夏天的燥热，走到这里会被分解和稀释，人心里的燥热同样也会被分解和稀释。

在此静坐，心似清泉，澄清而辽阔，在与世隔绝的河床上，流啊流；心也似花房，千朵万朵的花，在心墙上，映着灼灼的花影，摇啊摇。

或者就坐在树下呢！阳光照在叶片上，把斑驳的光影投到地面，哪怕是再厚重再浩荡的光呢，也照不透。坐在光影里，阳光给你的只有温情和爱的表达；树给你的也只有从容和清淡的气质。这里，是夏天的样子，却有春天的感觉。

和花草并排坐着，也好。草的青翠，花的婆娑，那么近地贴着你。它们不紧不慢、不急不躁的生长状态，还有自由的呼吸，都是美的，也是我所喜的。就想，如果做这样的一棵草，在清风里婆娑；或者做这样的一朵花，在阳光下招摇，也好。

如果在有月的晚上，在山脚走走，更好。月照着你和万物，你看不清它们，它们也看不清你，但呼吸却又彼此缠绕，又朦胧又真切。心里升起的是清风明月般的美好。

这样的感觉，让我想起了那句“鸢飞戾天，望峰息心，经纶世务者，窥谷忘反”，那个在山里走着的吴均，一定是把红尘俗世忘了，统统都忘了。就记得这眼前的清风山岚、幽谷野壑，还有这彻底纯粹了。

我记不得板山的海拔，也记不得它有多少个景点，记住的只是它给我的快意和美。

烦了，累了，就到山里走走。能走走，便是好。

# 惠山古镇

去江南，不能不看古镇；来无锡，不能不去惠山古镇。

寒冬天，下着雨，下午，我和友打车前往，急慌慌地。我们跨过喧嚣的烟火，穿越繁华的街道，心几乎是以鲜花绽放的姿态，向着它靠近。

古镇位于无锡市西、锡山与惠山的东北坡麓、京杭大运河南岸。如果说京杭大运河是一位沧桑的老人，那惠山古镇就是镶在他衣襟上的一粒纽扣，是那种中国传统盘扣：靛蓝、老旧。古朴的气息、中国的味道在它的褶皱和纹理里繁复、绵延、不绝。

古镇就是一本厚重的史书，它以民居的形式珍藏岁月，它的一砖一瓦里都落满光阴。

循着它古老而厚重的气息，走入，我迷恋那些时间深处的气息。脚下是石板路，一些苍老的苔藓，以时间的速度从缝隙里攀爬、漫漶，像给这些石头晕染了一些图案。老街坊，江南老街坊，惠山古镇的老街坊是断然不能少了青石板路的。走这样的石板路适合布鞋，高跟鞋的坚硬会把这些意境踏乱，也会惊扰了那些沉睡千年的故事。我始终坚信，每一块落满脚印的石板上都密集着故事。

路两边是民居，江南特色的民居。灰砖、青瓦、斗拱、悬檐、镂空木窗、细条栅栏……每一个门里都曾经有过烟火、琐碎、争吵和爱，门前的石墩上被时间的风雨擦拭过无数遍，也被不同的体温温存过上万次。那些木门、木窗是一些亲切的召唤，我禁不住走了过去，斜斜地靠在木门上，回望，有一种穿越千年的感觉，也许，我的前世就是这样一位江南女子，在淫雨霏霏里，等待着离人的归来。

而今，这些一间紧挨一间的民居，都做了商铺，古玩店，小吃铺，衣饰坊，最多的要数茶社了。我喜欢逛这样的小商铺，一间间进，一家家出，看的不仅仅是商品，更是地方风尚。也喜品茶，在阴雨连绵的时刻，更适合品茶了。跟友选一家，临窗而坐，茶的清苦，雨的缠绵，江南的水汽，一并在唇齿间交汇。时间在这里慢下来，接近奢侈。在红尘里活久了，我们早已习惯了繁忙，此刻，把繁杂放下，把自己腾空，就做一位悠闲的品茶人，或者做一杯清茶，也好。

路两边也是祠堂的汇聚：先贤施子祠、朱祠、杜祠、浦长源祠、恭先生祠、范文正祠堂……或大或小，或阔或窄，某种程度上，祠堂就是他们身份的名片。迈过门槛进入，照壁背后，一些生活的私密以细节的形式呈现。先人们去了，但他们的故事砌进了墙壁里，他们的气息也氤氲在祠堂的角角落落里，而他们的思想也蹲踞在时间的深处，等着后人去翻阅。门前的石板路上，时间已把他们的背影风化，但门前河水的涟漪里一定荡漾过他们的音容笑貌，只不过也一样被时间冲洗掉。在时间面前，伟人和俗人有着一样的境遇。

水，让惠山古镇有了女子温婉的模样，就像云和鸟使天空有了柔软的性格。水从京杭大运河的主脉上分成一股，缓缓地流进古镇的胸膛。一条流动的经脉将古镇分开，河南岸跟北岸，仿佛是彼此的倒影。经过水这面镜子的映照，景致多了，那些本不高的建筑也软了许多。水上有古船，水上有小桥。小桥作为水的花环，不仅美了桥，也成了连接两岸的纽带。

牛毛小雨，淅淅沥沥，成了古镇天然的道具，它营造了朦胧诗意，加重了古镇的温婉气息。我把脚步放慢，就像收拢折扇一样把声音折叠，这样的意境只适合静观、静坐。选一块石头坐下，水的湿气、草的清香扑面而来。水面上积着老绿，水清得能当镜子照，那就不要枉了这清，就临水自顾吧。但手不可轻触水面，怕搅乱了这一河的宁静，还有光阴，如果这样，会让我不安。太美的东西，总是让人爱到不安。

到这里，祠堂群密集繁多了起来。几乎一间挨着一间，据说在古镇有上百间祠堂，就想，古人为什么选择这里？那一定是看中这傍山依水的风水宝地了。地灵某种程度上是产生人杰的温床，难怪这里会挂着“人杰地灵”的牌匾，古镇的精髓都被这四个字衬托出来了。

是祠堂把古镇撑得饱满，是水让古镇温婉，而《二泉映月》的悠扬曲调，一定让古镇生出了艺术的气质。试想，瞎子阿炳，在有月的夜晚，卖艺归来，穿过小巷，坐在泉边，用乐曲表达着内心的丰富，那不能不说是凄凉里的奢华。二胡就是阿炳的语言，是他与人和社会交流的文字。需要“跪下来听”的曲子，一定是从心和生命中流淌出来的音符。我是以敬仰的心去靠近一个丰富细腻、经历风雨摧残却屹立不倒的灵魂的。在古镇的一隅，安放着阿炳和他的《二泉映月》。吹过阿炳的风也吹过我，站在阿炳曾经站过的石板街上，我试图捕捉一些艺术的气息，我看到，它们正缓缓地从镂空木窗里飘出，在古镇的空气里蔓延。

巷子是老街的支脉，这里一条，那里一股，像先人布下的迷阵。吸引我走入的是一阵阵的香气，这香气经过斜风细雨的过滤，纯净而清澈。它来自墙角处的一树梅，梅还没全开，以朵的姿态挂在枝头，淡黄、含苞，像刚刚点亮的灯笼，妖娆在雨雾里，跟挂在屋檐下的灯笼相互映衬，灰的底色上顿时妖娆起来，也生出了些许暖意。古镇水乡是否也是我坚硬生活里生发出来的丝丝暖意？

拐过一条巷子，就是小吃街，由于下雨，又遇天黑，店铺也像慵懒的少妇，发着倦态而迷离的光。我们在一家挂着豆花招牌的店铺前站定，老板娘是位四十多岁的女子，身材娇小，眉目清秀，一副江南水乡的样子。她看看店里，摊开两手，脸上挂着歉意的笑容，说，下次来，一定满足你们。我们还会再来吗？于繁复的时间而言，我们只是匆匆的过客，或者，我们只是落入石板街上的一粒尘，不知下一刻又会在哪里。很多时候，我们不能支配我们的行程，也不能肆意更改既定的程序。

小桥流水人家，厚重的古镇，诗意的古镇，笼罩在一片静谧安详中。一种说不出的喜欢从心的根须上生长攀爬，至嘴边就变成一些探问：这里的房价贵吗？友问：姐姐要在这里养老吗？我苦笑。我也只能以理想化的方式对所爱之地做一种虚幻的抵达。之所以对它产生如此的迷恋，我想，我们肯定存在某些契合之处。

那一瞬，我突然觉得我与惠山古镇距离好近。

由于下雨，街上的人三三两两，这情景，恰恰好。此时的古镇还穿着一件蓝衫，只是带了一些水纹，蓝色洇染开来，素淡之下，韵味就更浓了。

雨幕下的老街散发着浓浓古意，跟一条老街相比，人的一生太过短暂。然而，跟一条老街相比，步入中年的我也年轻了许多。

在暮色里，我就要把惠山古镇这本史书合上，生活在北方的我，南方水乡毕竟是一个梦境，但在某一个黄昏或者月夜，我还会再次翻阅这本书，让心插上羽毛，在它的上空做长久的飞翔。

# 夏日，到山的褶皱里去

在夏日，总想找一处地方避暑，那就把自己放在山的褶皱里，比如锡崖沟。

锡崖沟，掩藏在南太行的褶皱里，蹲在王莽岭的脚下，要去看它，不易，开车要穿过凶险的挂壁公路。公路挂在壁上，悬崖峭壁，车穿行在路上，狭窄逶迤，上面是洞壁，下面是绝崖。车如蛇，蜿蜒前行；人如仙，腾云驾雾。六月的山，郁郁葱葱，蓬蓬勃勃，我却不敢观赏，心提着，胆吊着。六月的阳，被山挂住，进不来，车在挂壁公路上跑着，荡不起热气；人，坐在车上，也不会冒出汗。

有锡崖人的骨骼支撑，有锡崖沟的精神立着，我总算站在了锡崖沟的眼前。时间，一下子回到了从前。

看到它的那一瞬，我想到了“世外桃源”。

锡崖沟的山高耸入云，地势险峻，壁立千仞，形如刀削。眺望，满眼葱绿，这些植物透着山里汉子的蛮劲，长在北方，却是南方的模样。也见花，路的两旁，人家的墙上，大朵的月季，红红的，艳艳的，像农家妹子绽开的笑脸。

沿着路走，两旁是田，不规则，有层次。突然，看到前面有游客在地里采摘，走近，郁郁草丛里，有点点的红，似草莓，但比草莓小，一问，才知，是野生的覆盆子。尝，并不好吃，但，摘覆盆子，很田园。

房屋，是石板房，像一件件农具，散放在这里那里。也有新盖的二层小楼，石头砌墙，也素朴，接待着山外的游客。没能在锡崖沟村住一晚，很是遗憾，夜晚的锡崖沟一定会别有一番风味吧。

终于看见了沟，南北走向，垂直把山分开，谷底深邃，峭壁如屏，砂岩似朱，清泉从壁上飞流而下，似练如布，涛声如雷，烟雾迷蒙，寒气逼人。岩石上布着的青苔，苍绿，聚满了旧光阴。发源于王莽岭南麓的清水河，穿村而过，流水淙淙，溪水潺潺，响声清脆如佩环，颜色碧翠如绿茵，沿着沟势，向着远方逶迤而去……

也有桥，老旧，有些年头了。倒是桥壁的爬山虎，密密麻麻，葱葱茏茏，一直攀到壁底，成了一座天然的绿墙。这座桥，被它拉着，延缓了衰老的步子。站在桥上，看水里，就是两个锡崖沟。水里的像一幅田园风景画，多了一些意蕴，多了一些缥缈。

六月的天气，热，但在这里却不觉。不由得抬头望，太阳也大，也红，也刺眼，但光线被山拦截了一些；热气，被绿稀释了一些；烦躁，也被溪水冲淡了一些。这一些，不多不少，恰恰好。云，大朵大朵，棉花似的，绵羊似的，纹理清晰可辨，就飘在头顶，仿佛伸手就能够到。风，凉丝丝，一股一股地往我身上吹，惬意！

夏季的锡崖沟，给了我春天的感觉。

在一块石头上坐下，石头干净如洗，不用担心会弄脏衣裤。前面是高耸的山，满眼的绿，后面也是，左面右面都是。几乎垂直的峭壁，如屏似障，把锡崖沟村紧紧抱在怀里。这个叫锡崖沟的小村庄婴儿一般，被安放在摇篮里，晒太阳，听鸟鸣。

鸟，我是先听到鸟叫，而后才看到鸟。鸟，三三两两，在空中飞翔，无拘无束，像这里的云朵一样任性，就连这叫声也清脆得很。没有了噪声的干扰，鸟的叫声听得分外真、分外清。我想，鸟过之处，晴朗的天空，留下的一定是大自然的诗行。

空气清凉，还带着草的香、泥土的味、青苔上积淀下来的气息。这种混合起来的味道，从深不见底的沟里漫起，带着地之脉息，积淀了岁月的黏稠，又被山挡着，世俗进不来，喧嚣也进不来，原汁原味的好，透透彻彻的净。心里除了纯净，什么也没有了。

山、水、鸟、瀑布，还有葱郁的绿，既有北方的粗犷，也有江南的味道，难怪，这里被称作“异类”。据说，雨雾说起就起，山风说来就来，雾来时如潮涨，从深谷里升腾，漫上山脊，氤氲在村庄里。虽无缘亲见，但，想象一下，也似身在仙境，一定有别样的感觉。

天然的大氧吧，适合夏天来，来避暑。

沿着石板路走，两边是商铺小摊，商贩是村民，兜售的是地方特产：根雕，崖柏，串珠，手链，自制的辣酱，自酿的小酒……像路边的山花，不艳丽，却有味。我的眼被一个摊点吸引住，是几只竹篮，细篾白竹，小巧精致，有好看的花边，还有弯弯的柄，不由得去摸、去挎，友拿起手机，咔嚓咔嚓，定格成瞬间。脚上的绣花鞋，身上的民族红，配了那些手工竹篮，还真有味道。卖篮子的是位大娘，白发，布衣，满脸都是褶子，叠进了锡崖沟的许多故事，蹲在那里，分明就是一部史书。

也见一些闲坐的村民，靠着一截老墙，用闲散的目光看来来往往的游客，或者什么也不看，只闲着、坐着，晒太阳，消磨时光。时光在这里像老人，迈着小碎步，一步一步地挪。

我也坐着，像村民一样，看太阳怎样一点点地给这条沟涂抹色彩，看这里的村民怎样过烟火日月，看时间怎样一寸寸地跨过山梁。好久了，我都没有这样闲坐了。饿了，花五元钱就可以买到一袋桃子，十几个，个大，汁多，还特甜，正宗的山桃。

坐着，看着，就不由得感叹着。锡崖沟人就像鸟嘴里含着的草籽，落在这深沟里，四面高山险峻复杂，里面的出不去，外面的也进不来，自给自足，自生自灭。可，渴望看一眼山外的心愿却一刻也没有停下来。三十年，几代人，一锤锤，一斧斧，在峭壁，在悬崖，凿开一条神奇的天路。路通了，锡崖沟终于出了一口长长的气息，这气息吸引了很多的脚步来，来看它，这个藏在沟底埋在深处的“世外桃源”。

那些陈年旧事已锈迹斑斑，如今的锡崖沟也换上了新颜。但，无论时间把它涂成什么，它骨子里永远是一件兰花对襟袄，素朴有韵；永远是一个粗瓷碗，透着老窑的光泽；也永远是一件古董，土扑扑，却很有味道。

炎炎夏日，是要找一处避暑之地的，那就到大山的褶皱里，那就到锡崖沟，住下，十天半月，不厌，一定不厌的。

# 老牛湾

一提到黄河，心就不免澎湃，那自天而来的豪气，那汹涌奔腾的力量，还有那叛逆不羁的顽劣，总会让人敬畏，以致不敢靠近。

然而，并不。我见过的几处，除了壶口瀑布，有黄河的秉性。碛口段，无大浪大波，一副安详静气的慈母相。那穿城而过的兰州段，河面倒是宽阔，被人流气息裹挟着，底气明显地弱下来。就是老牛湾，长城与黄河的握手，也一副友好亲切样儿。

来老牛湾，看黄河是必然。

租条船，从码头一直到万家寨，返回码头，再换船到乾坤湾。黄河水，曲折多变，弯转逶迤，碧波荡漾，如镜似锦，一浪撵着一浪，一波赶着一波，起起伏伏，被阳光一照，波光粼粼，倒也生出些许风情。听不到咆哮，看不到厮杀，一副安居乐业的风轻云淡样。这模样，容易让人忘记它的粗犷和力量。

两边是山，悬崖峭壁，绿植极少，入眼的是大片的黄和沧桑，被两边的凝重和肃穆一衬，水柔软的秉性尽显。然而，黄河，毕竟不是江南的小桥流水，它的骨力仍在。那船过之处，高高溅起的水花，如柱冲天，似大珠小珠落入玉盘，琼浆银屑打在玻璃上，啪啪啪地响。它那么霸道，那么横，时刻在提醒你：我是黄河水。

快艇如鱼，随波而贯，速度的变换，上来下去地给人刺激。到乾坤湾时，看到了黄河那个漂亮的转弯——中国的科罗拉多，圆弯，接近

360度，又漂亮又摄人魂魄。船故意放慢速度，不仅仅因为那个弯，还因峡上出现了长城——明长城，夯土建成，外包石块，虽有断残，但记录了历史的痕迹，它长长一条，似巨龙低头，欲饮黄河水。那高高的敌楼，凛凛然耸立着，有着不可侵犯的冷峻和威严。快艇一个漂亮而迅疾的转弯，水面上留下了金戈铁马般的豪气，还有一声声的惊叫……

“黄河映长城”“高峡出平湖”，这独特和壮美，这阳刚与阴柔，当我站在塔上望到这一切时，除了震撼，再无其他。

大自然的鬼斧神刀，一刀一刀落在老牛湾身上，这刀刀下去，就有了奇形怪状、犬牙参互、峭壁嶙峋的地形，它们突兀、陡峭、连绵。晋陕蒙峡谷以此为起点，向着各自的方向绵延。站在老牛湾，隔着黄河，北望，入眼的是内蒙古；向西，是蒙地鄂尔多斯；南呢，就是晋地。内外长城也在这里交会，交会之后，就戛然而止，昔日的防御和攻打，争夺和守护，这些长城都替历史记录和保存。黄河水，经过它们身边，带走了光阴，却带不走曾经。黄河水，从青藏高原，到内蒙古，到老牛湾，一直向南，流入晋地。

黄河从内蒙古流经此处向东南拐了一个弯，这弯，形似老牛横身，故叫老牛湾。老牛湾，是开始，也是结束。

来老牛湾，不能不去看万家寨水库，也不能不去走吊桥。

万家寨水库，积水那么多，那么深。无底的囤积，源源不断的输送，晋蒙两地的主要供水来源处。储存、输送、防御，它在默默行使和坚守。站在坝上，碧波荡漾，烟波浩缈，河随峡走，一望无际。那一瞬，我忽然想起了母亲，想起母亲的乳汁。

吊桥，那么长，那么长。一头是晋区，一头是蒙地，下面是黄河，两边是悬崖，窄窄一条，吊在半空。人走在上面，摇摇晃晃，尽管手紧紧抓住两边的栏杆，眼不敢向下看，但一样提心吊胆，一样有寒森森的冷气袭人心魄。倒是有胆儿大的，居然如履平路，还故意抓着栏杆摇来摆去，找刺激。又惊又险，踩着惊叫声，走个来回，冒一身淋淋冷汗。

我尤喜老牛湾的夜晚。

农家客栈，窑洞老院。素朴的底色上，挂两只大红灯笼，举几盏明灯，月亮皎洁，落在树梢，朦胧的天空，疏星几朵，天上地下，明暗交辉，一呼一应，都是深情与缠绵。八角木厅，一张木桌，几杯清茶，就把闲适缓缓铺开。坐着的是气息相同的人，闲闲的神情，闲闲地聊，还有偶尔一声两声的笑。

突然，南边天空出现了烟花。寂静里有了声响，黑暗里有了璀璨、绚丽的花朵，绽放，凋谢，在升起落下里，过完了短暂而美丽，辉煌而绚烂的一生。北边也不甘示弱，也有烟花绽放，一朵接一朵。友说，一边来自山西，一边来自内蒙古。不同的民族，在以同样的方式对五一庆祝、表达和纪念。

有风吹来，带着黄河水的气息，私密而又潮湿。有篝火燃烧起来，那蓝色的火苗真迷人。我坐在月亮下喝茶，喝着喝着，就醉了。

夜往深里走，他们都回去了，我还想再坐一会儿。有人说，深夜最能体现一个地方的性格。老牛湾的性格是叠进深处的：风尽管一点点，但还是带了粗犷的气息，刚劲且有骨力。还有那月，总是发着那么清冽的光泽。在一片咸咸的湿气里，我走进了窑洞。

那晚，我倒头便睡。一直睡到太阳醒了。我好久都没这么踏实地睡过了。

醒来后，我在老牛湾村子里走了一遭。这个村子不大，家家几乎都开客栈。窑洞，或砖或石，都镶木窗。一家在一家的上面，几乎没有一家在同一平面，都依了山势而建。喜欢这样的随意。像晨曦里，静默着的山水画。

也见起得早的村民，粗糙的脸，粗糙的衣，在收拾粗朴的院子。

粗朴，我极喜这粗朴。就连饭菜，都带着山的味道，自然的味道。粗糙、本真，自然色，农家味。还有农家妹子，那泼辣爽朗的笑。那笑多么真，多么纯，就连那唇上也没涂一点口红或者唇膏。

我记住了老牛湾。记住了它的敦厚、质朴、磅礴，以及它沧桑而又有特质的脸庞。

# 乘着火车去远方

读三毛的《万水千山走遍》，头脑里出现一幅画面：一个长发女子，着长裙，拿一根细长的烟，烟雾一缕一缕，织成纱，罩住了她的面庞，她看上去美而略带忧伤，她就那么靠窗坐着，一句话也不说。

火车像一只老了的蜈蚣，在暮色里缓慢而悠闲地攀爬着，它的前面是远方。

“为了天空飞翔的小鸟，为了山间轻流的小溪，为了宽阔的草原，流浪远方，流浪……”暮色里飘着歌声，歌声也忧伤，也颓。

暮色。火车。一个艺术的女子。一种慵懒而颓了的气息。一个随心所欲流浪的灵魂。

这一切，让我迷恋，就像迷恋一张古画，就像迷恋一件珍藏了多年的旧衣。

那一刻，我突然就想，世界这么大，我该去走走。

去远方，乘火车。

远方，也许并不远，也许很遥远。因为未知，所以迷恋；因为没看过，所以渴望。其实，那里也无非是别人厌倦了的城市或者地方，但，那里总是一个诱饵，钓我的欲望，牵我的脚步。

乘火车，当然要乘火车了，它慢，慢好！飞机快，有一种急慌慌的感觉，这感觉，眩晕。

我总觉火车带着古意，是一种上了年纪的东西，也是一部古书，古的东西，因为有了时间的积淀，而厚重，而踏实，而安全。

火车就像一位慢性子的老人，不急不躁、不温不火。它慢慢悠悠、摇摇晃晃地走着，每一次的喘息都那么真切而原始。它后面跟着的是风、气流，还有向反方向走着的树、电线杆、高楼矮舍、原野庄稼。

如果是在向晚，我恰恰又坐在窗边，那感觉好。说不出来的好。

温情的夕阳斜斜地从窗口照进来，我坐在夕阳里，身上镀上了一层光晕，那光晕并不燥热，淡淡的、柔柔的，正应了我一颗休闲而慵懒的心。我呢？放松下来的身子酥酥的、懒懒的，就那么靠在窗棂上，不紧不慢地看着窗外。这情景会让我想到了三毛，想到了一头长发、拿一支烟的三毛。那一刻，我突然想抽一支烟，特想，可是，我并不会。

窗外呢？田野高一块、低一块、绿一块、黄一块，像条彩色的大地毯。那些高高低低的树、那些远处依稀的屋舍，还有地里荷锄而归的农人，是锦上之花。淡淡的光晕，左一下，右一下，把它们调成一幅幅画卷，如电影镜头，从我的眼前一幕幕飘过。

大自然这位电影放映员，在为我放映，一点也不马虎。那些自然的、接地气的味道，会漫上火车，席卷我，也淹没我。此刻，我就想做一名观众，或者就做镜头里的一株庄稼、陌上的一朵花，也好。

如果是在黎明时分，我恰恰也还坐在那个位置，那感觉是不一样的。

车内，很静。只听到火车不紧不慢的喘息声、客人睡着了的呼噜声，还有时间悄悄跨过车厢走动的声音。车厢里的灯昏暗、似有非有；外面的光也昏暗、似有非有；外面也静，只有黎明吞食黑暗的声音、万物睁着蒙胧睡眼的声音。

我坐在黑暗与黎明的交界处，看黎明迈了慢步，一点点向我靠近，而我也在被火车带着缓慢移动。和黎明一起移动的感觉。那感觉，是别处没有的，没有的。

或者，就坐铺位上，看一张张陌生的面孔，听一句句不同的方言，不动声色地猜测每张脸背后的故事，那故事足以搭建一篇小说的框架。这样也好。火车就是社会的一个小窗口，风土人情、习俗画卷、地方味道，《清明上河图》上有的，它都有。

我喜欢选择上铺，晚上仰面躺在床铺上，左面或者右面、下面都躺着陌生人，空气里充满了陌生的气息，而上面隔着一层铁片，就一层，能够到风、自然，还有黑夜，而火车带着我和我的呼吸在缓慢移动，那感觉陌生、神秘，也有流浪感。

让我特别难忘的是，一次和几个姐妹坐了火车去甘肃旅游，在路经甘南一带，火车上的人几乎都挤到车窗看。七月，正是甘南油菜花肆意绽放的时候，黄色，从轨道前一直铺到山脚下、天边。金灿灿、黄澄澄，一块锦布上流动着阳光，流动着金子，也流动着富贵。我与这波澜壮阔的油菜花相遇，不经意间相遇，没有早一步，也没有晚一步。火车在走，油菜花在走，向着不同的方向。一幅幅流动的金黄色的画面从车窗闪过，惊喜和失落，我想，都一并留在了那辆火车上。

最好的感觉是和他一起坐了火车，去远方。不为工作，不为生计，只是休闲。我们坐在餐车里，选临窗座位坐下，喝杯咖啡，或者淡茶，有一搭没一搭地闲扯着，然后，就彼此都不说话，只坐着，那感觉，真好！

他有时戏谑我，不坐飞机是怕花钱吧，我总是报以淡淡一笑，他也笑。其实，他懂，知道我喜欢火车。

我迷恋火车，迷恋它波澜不惊的气质、悠闲自在的神情，以及满目的沧桑感，迷恋它踏实、安稳的气息。那气息，像姥姥慈祥的目光，透着黄昏的光晕，这光晕缠上来，绕在心上，流淌出来的都是丝丝暖意。

当火车的轰隆声从我所在的城市跨过烟火传入耳朵时，我就想，我就在那辆火车上，梳长发，着长袍，临窗而坐，桌上是一杯刚刚冲好的咖啡，空气里都是咖啡的味道。

# 孔宅，那些缱绻的时光

时光碎了，但记忆还完整。

越老越喜欢怀旧：那些翠绿的年龄，那些缱绻的时光，那些蓬勃的气息和羞涩的心事，总是跟我记忆中的孔宅重合，当记忆活了的时候，一切都有了温度。

那时，校园里有孔宅，孔祥熙宅院。一个校园有了这么一所名宅，就是不一样了。真真是不一样了：正院、厨房院、书房院、戏台院及小花园，一出连一出，一院接一院，一溜地排过来，又气派又阔朗，又厚重又幽深。人一走入，那些文化底蕴和书卷气息就会一股一股扑上来。扑上来。瞬间你就会陷在某段历史，或者某个故事里。

因为有了孔宅，那些课余时光就变得缱绻而妖娆，分外迷人了。我的中师记忆也因此而饱满，而透亮。

黄昏时候的孔宅最醉人。你看，阳光收敛了锋芒，斜斜地照下来，青砖碧瓦、木窗戏楼、前庭后院，还有那些树木花草，都镀了一层薄薄的光泽。整个宅子，煨在丁香花味里，有了柔软的质感和凉凉的风情。

这样的时候，还不到自习课时间。

拿一本书坐在花园的亭子里去读，也是一件极美的事，或者什么也不做，就坐坐，也好。有学生在小径上散步，有鸟鸣在树枝上颤动。走路都带着一股风的毛老师，正举起相机，咔嚓咔嚓，是要把这黄昏的美景，统统摄入相机的。看到学生，她远远地就招手，就喊：“喂！过来！照相！”她总是那么热情。看她给人拍照，亦美。

暮气漫上来了，绿植发出隐秘的气息，花朵也卸了妆容，在浓得化不开的丁香味里，会让人觉得那些密不透风的叶片里，有孔家小姐逶迤的心事，那吹起的风里也似乎传来她幽怨的叹息。那幽怨，又潮湿又揪心，却也有袭人的诱惑。

那时，我还喜欢去厨房院，那里有浓浓的烟火味：烟囱里冒着的炊烟、煤炉上透着热气的水壶、铁丝上晾晒的床单，还有木格窗户里映出的身影。那里，住着一些家属，还有一些新分配来的教师。

我去那里多半是为了她，一个叫郑月琴的音乐教师。她太美！那是一种叫人看一眼就忘不了的美：皮肤白净，身材娉婷，尤其是那眼睛，就是比别人大了许多。流利的普通话、咯咯的笑声，透着无限的风情。还有那歌声，听到后，总是让人想有翅膀，想要飞。后来，我读到琼瑶小说里的美丽女子，就会不由得想起她，就会频频地去厨房院。

至今，我还记得她白白的牙齿、浅浅的笑，还有身上那股淡淡的味道。

遇到有月，夜色还浅，还是要拾级而上，到孔宅南院的墙上坐一坐的。月光如水似雾，跟教室里的灯光一呼一应，共缠绵。对面的古戏台，已成为一段旧事，没有了昔日的欢颜。那些房屋，像慈祥的老人，也都显出了温和的性情。丁香树的枝条漫上墙壁，你随手一抓，就是满把的浓香。那厚实的墙体，会给你安妥和踏实。那种意境，又静美又孤清。

那一刻，你会觉得自己就是一朵丁香，月一照，就有了婆娑的姿影。如果这时候，你突然地想起一个人呢，那月光是要醉了人的。

木心说：“凡事到了回忆的时候，真实得像假的一样。”那些往事，总是一副缱绻的模样。过分的美，总会让人平添一些担心和怀疑。

快期末考了，大热的天，教室热，宿舍也待不下去。孔宅就是最好的去处，我尤喜书房院。喜那些四合院，火柴盒一样规整和安稳，还有那些建筑：斗拱飞檐、雕梁画栋、沥粉堆金，勾勾画画、点点滴滴里，都是隆重的铺排和汹涌的富奢呀。青砖厚墙、碧瓦木梁，阳光总也照不透。屋檐就是伞盖，遮阳也堵热。拿一本书，在屋檐下，背靠又红又粗的门柱，一待就是一下午。

偶一抬头，有时会看到琴键一样的瓦片上，有小鸟在梳理羽毛，或者蹦来跳去。有时，还会看到薄云在晴空里漫步。有淡淡的墨香从东西厢房里飘出，竹帘里映照出勤奋练字的身影。也偶有学生从院中走过。有蝉声从远处传来，起起伏伏，总也断不掉。

沿中轴线，从南走到北，或者从北走到南，从一个院子到一个院子，恰巧手里正拿了书卷，你一定会觉得自己回到了民国的学堂。

有段时间，剧组来孔宅拍电视，我忘记了拍什么，只记得有同年级的女生被选上，还不是群众演员。在孔宅里看拍摄，我一次都不落。你看，我羡慕的眼光，至今还在那里，闪啊闪！

后来，我离开了孔宅，孔宅也离开了太师。那所校园再不叫师范，那孔宅也成了文物，我想再去看看它的时候，还要买票。尽管，我知道这样更好，可在心里，那依然是一道明亮的忧伤。

那些缱绻的往事，就那么过去了，跟时间一样快。

记住某一个地方，不仅仅是因为地方本身，还有那些缱绻的往事、隆重的青春和熟悉的人。

孔宅，无论它在哪里，它都在我的心里。

我记住的，永远是它在太师的样子。

|第四辑|

# 从尘埃里开出花来

# 有这么一个老卓

电视剧《我的前半生》热播，我一天看了二十几集，我很少看电视剧，更不会一整天啥都不干地看电视剧，可我看了，不是因为它剧情多么地动人，故事多么地励志，动情和励志是年轻时候的事了。

是因为陈道明。

陈道明身上有一种磁力，能穿透屏幕直抵人心，哪怕是隔着云端呢，都是一种气场，盛大而汹涌，尤其是那双眼睛，又孤绝又冷峻，是深邃的湖，一眼望不到底子。有霸气，有侠气，还有点匪气，一点点，恰恰好，多了就太江湖了。总之是遍布一种力量，这力量不可抗拒，容易让人想到陈年普洱，或者百年老酒。

《我的前半生》里的老卓，就是这种眼睛，看透一切的尖锐，禅悟世事的睿智。贺涵遇到麻烦时找他，唐晶遇到不顺时找他，他只是蜻蜓点水式地来一句，然后是一个意味深长的眼神，然后是转身离去。可那个眼神，那些看似轻描淡写的话，却重似千斤，把询问者的思想砸出一个个坑，随即，是他或她领悟后的会意一笑，或者微微颔首。

看透，却不说透。是老卓。

迷茫时，能给你明灯似的指引，这明灯却不是白炽灯，是烛光，若隐若现地引领，却并不牵你的手，是老卓。

不多说，不多问，能精准拿捏与对方的距离，且能给心以淡淡抚慰的，是老卓。

这沧桑不羁、洞明世事，阅人无数，老练而深邃、智慧而冷绝的个性，也只有陈道明拿捏得准，换别人来演，恐怕会少了这味道。

这味道一少，那个“深夜食堂”就俗了，哪怕是有络绎不绝的繁华呢！

我特喜欢那个日本料理店，就连名字“酱子”也很有日本味，我不喜欢日本，可日本人营造的风情和意境还是好的，就比如老卓的深夜食堂。朦胧的灯光、简洁的陈设，木质的墙面、粗瓷的酒壶、墙上贴着的海报，还有从夜色里升起来的音，真醉人呀！

白领们工作压力多大呀！白天上紧了发条，绷紧了弦，马不停蹄地跑呀跑。而这附近恰恰有这么一个“深夜食堂”，还这么雅致、清淡，有情调。“触目横斜千万朵，赏心只有三两枝。”再多再好的店，也抵不上这个，“三两枝”都嫌多，一个足够。

工作有多绚烂，生活就有多寡淡。

工作之外，哪里去？哪里都不想去。灯红酒绿，嫌吵；家里琐事，嫌烦。只想着找个沙发靠一靠，只想着喝个小酒，吃个小菜，让胃妥帖一下。那老卓的“酱子”店，是最合适不过了。

一颗忙碌的心，有了岸靠；一颗漂泊的灵魂，有了所居。

往那里一坐，老卓大叔就出现了，也不用笑相迎，只一个深邃的眼神，算是打过招呼，也不问你要啥，就拿来吃的、喝的，恰恰都是你所喜。碗是粗瓷，盘是粗瓷，那个酒壶，也是粗瓷，老旧、简洁里透着股日本味道。看到这里，我突然就想，低调里的奢华，大概就是这个样子吧。

外面月色清疏，里面灯光朦胧。人放松，彻底地放松了。像一株植物，只享着这醉人的月色、朦胧的光。

把一身疲惫放在“酱子”里，是明智的。何况还有这么一个老卓呢！

这人吧，太透了，不好！就像看一部小说，刚看了开头，就知道结尾，那有什么意思？一条柏油马路，又直又阔，可除了规整的冬青、黄的白的线，几辆奔跑的汽车，还有什么呢？相比之下，曲径才好，才能通幽，那幽，是未知的诱惑啊！

这老卓，绝不是柏油马路，是通幽的曲径。

你看，整个剧情里，别人都在明处，他在暗处。即使是感情，别人是轰轰烈烈、浓墨重彩，他呢，隐隐约约，轻描淡写，但，这清冷里，燃烧着一团火，这火还不小呢。

贺涵说，他阅女无数。就这一句，就说明他是一个有故事的人，而且这故事还蛮多，足够写几本长篇了。

先是梅婷饰演的女人，短短的发，黑黑的衣，脖子里一条白色的丝带，知性美丽。她来到“酱子”。老卓的眼睛闪过一丝亮光，随即就迅速隐去。只一句“没吃吧”，便去亲自备饭。饭吃过，在一阵音乐中，他们相拥起舞，跟音乐一起迷醉。一屋子，都是回忆的味道。

一切尽在不言中。

看似清淡，却又无比浓烈。这浓烈里，有着怎样浓烈的曾经，还有怎样冷寂的现实？不说透，才是老卓。

接着是孔维饰演的女人。这个女人，红连衣裙，大波浪卷，像一朵妖艳的罂粟，幽灵一样地出现在“酱子”，又神秘又火辣。一见面，老卓用一双眼睛看着她，夸她还那么漂亮，她甜蜜一笑，含情脉脉给老卓围上一条围巾，然后是一个深情拥抱。这女人，是来找过去的。老卓拿出一沓钱打发她离开。

回不去就是回不去了，过去的都变成了烟，有形的可能就剩下记忆了。

老卓的前妻莹莹，干练，嘴毒，在另一个城市经营一个度假村，跟贺涵一见面，就老卓长老卓短地询问，说起老卓一脸回忆。还叫老卓死东西。

离婚了，前妻还念念不忘，这老卓真是块老姜啊！

洛洛，老卓朋友的女儿，一个敢爱敢恨，带着一股傻劲的可爱的女孩，居然也爱上了这位大叔。

这大叔，是有什么魔力，这么招女人待见？

读过这样一句话："时间在赠人阅历的同时，一定也把最无情的沧桑相赠。"我觉，于老卓，这沧桑不是无情，是财富，更是一种味道。

有积淀，有厚度，有内涵，有恰到好处的智慧，有不遵循章程的不羁，有一种站在云端的清高，这是老卓，也是陈道明。

如果，我的城市里有这样一家"酱子"，店里有这样的一个老卓，我想，我会是常客。

# 从此繁花，一路盛开

初遇她的文字，是在一年前的网络。

只一眼，就爱上了。是一见钟情的那种刹那惊鸿。常听说，大烟一旦沾染，就会上瘾，让人欲罢不能，戒都戒不掉。我没抽过，但我觉我爱上的这种文字，就似大烟，让人每天怀了迫不及待的心情，创造时间，去靠近。

她的文字像一袭华丽的袍，有质感、有光泽。是那种瓶瓶罐罐里开出的花花草草，那种罐是聚了千年的光阴、万年的古意，那些花是妖娆的，那些草绿也便绿得发光了。因为有了跳跃思维的带动，那些文字便带着迷人的舞姿，妖一样闪，狐一样魅。

如果把文字用衣服作比的话，她的文字既有时装的艳丽，也有棉麻的气韵。是一只银戒指，古意里透着醉人的光泽；是一款老玉镯，通透里飘着奢华的气丝。是银碗里盛着的雪；是清水里养着的莲。

她的文字是一位女子，永远行走在人群之外。如天地间突然冒出来的树，在旷野中，骄傲而妖娆地生长着。

一些个性的文字，总是带着傲然于世的气质。这气质包括眼光、审美、品位、底蕴、积淀。哪怕是走过的一座城，哪怕是抚摸过的一朵花，哪怕是欣赏过的一幅画，她都能看到别人看不到的，想到别人想不到的。比如她说苏州是粉的，比如她说一颗欢喜心是花枝春满的。这文字里有她的气息，这气息都带着"禅"味，是模仿不来，也克隆不出的。她仿佛是一位在深山修炼好久的仙，一出口，便有了仙人的仙气和媚气。

读这样的文字，是容易让人上瘾而戒不掉的。

散文怎么可以这样写？怎么可以？我不止一次地对着那些文字说。那时，心是又欢愉又嫉妒，亮着，也黑着。我便笑自己，格局还是小了些，还没有修炼到只爱不妒的境界。

总觉，自己是波澜不惊的年纪了，对一切都会云淡风轻，即使是自己喜欢的人或者东西。可，在这些内涵和妖艳缠绵在一起的文字面前，我还是禁不住了。禁不住了。因为过分美，所以，过分爱，爱到迷恋。

就像当年迷恋琼瑶一样。她的书，我一本接一本地买，一本接一本地读。她的气息也缠绕于我的生活里。

可我毕竟不是当年，可心里分明有着年轻了的感觉：一种狂热，一种不安，一种激动。以至于，有次在朋友圈看到她在陕西一所大学里讲座的消息，我特想去听，坐将近四小时的动车。可只是一闪念。毕竟不是当年了。

这个人，就是雪小禅。

我不认识她。她是开在嚣攘浊世里的一朵莲，而我只站在岸边。但我能嗅到她的气息，也能看到她的容貌，那么清晰，那么通透。是文字把她带到我面前的。

她高高瘦瘦，穿一身棉麻衣袍，戴一副黑框眼镜，梳五四时期的发型，歪着头，对我，浅浅笑。而她的左手搭在右胳膊上，左手戴了玉镯，无名指上戴了银戒指。右手拿着一只莲蓬，一只老了的莲蓬，有着长长的荷梗和满身沧桑的莲蓬。

棉袍、玉镯、银戒、眼镜、一只老了的莲蓬。这就是行走在文字里的雪小禅。

我还能看到她的家，也能深入她的生活。文字一路带着我。

她家里的书好多呢，写字台身后的整个墙壁上都是书柜，书柜里都是书，从上到下，从左到右，满满的。可那些书不像我的书落满尘埃、聚满光阴。她常看。一本常被人翻阅的书，因为有了人的温度，每一次拿在手上都是新的。她家里有老榆木的地板，有原始的泥墙，有绣着“禅园”的白帘，有戏服，有老绣片，有好多的瓶瓶罐罐、花花草草，还有遍布角落的孤独和跋扈的清凉、低调却从容的温度。

我看见她了：正穿了棉袍，居家小妇人般，穿梭在屋子里，收拾、整理。火炉上的那锅汤，发出咕嘟咕嘟的声响。晨曦从她的头上、身上，绸缎一般地泻下来，到地上，就碎成了一地的金子。而她就在一片金色里，翘起兰花指，扭动娉婷身，咿咿呀呀地唱起了戏。那神情，既魅又妖，既陶醉又忘我。

梳洗罢，吃饭罢，她铺宣纸，写小楷，思维乘着古意的翅膀，文字穿着华丽的袍子，像一位古代吟诗的女子，翩然于纸上。动情处，她莞尔一笑，那笑，像一朵水莲花不胜凉风的娇羞，是苍绿中的温婉，还是带着少女的天真和无邪的。一个用文字腌制时间的女子，心一定是纯净而明亮的。累了，就闭目听老歌，然后，在回忆里醉了似的沦陷。

这日子，真好！正如她说：“是门前种花，屋后种菜，自己腌制咸菜，有柴米油盐诗酒茶，三五知己秉烛夜谈。窗外蔷薇灿灿地开，人在屋内风长气静地笑。到八十岁，依然旗袍球鞋小酌。”

这就是雪小禅。

从此繁花，一路盛开。

是文字让她似繁花，让她一路盛开，让她五十岁仍持有十五岁的天真和情怀。大学生喜欢她文字的艳丽，中年人喜欢她文字的内涵；大学生喜欢她的哲思和禅意，中年人喜欢她的生活和情怀。

我是后者。前些日子回老家，母亲准时看《伶人王中王》，她指着电视对我说，快看！雪小禅！不识几个字的母亲居然知道雪小禅，母亲知道雪小禅是因为我，因为我喜欢雪小禅的文字。我喜欢雪小禅，可我不喜欢戏剧。所以，跟着母亲看了《伶人王中王》，在那里，隔着屏幕第一次见到了雪小禅。

那一刻，感觉她就坐在我对面，没有了屏幕的阻隔。她还那么招摇，那么媚，黑色的衣裙，红色的口红，像她的文字一样招摇。能招摇的女子必是有招摇的资本和底蕴的。我喜欢她招摇的文字和生活状态。

“一朵莲，淡淡地开在自己的园中，不嫌孤独寂寞，不嫌稍微有了荒凉秋色的颓然，在月光练白的如水秋凉中，开给自己看。你欣赏或者不欣赏，我无所谓。”

这是她的话。我喜欢。

其实，我的喜欢于她无所谓，我的不喜欢也于她无所谓，她只管在她的世界里，做繁花，一路盛开。

“有一个懂的人，陪着我，不嫌我老，不嫌我啰唆。他用秋天一样的声音读着我的文章，那样的洞天晓白，早就超越了所有。”

她应该知足了，陪伴她的何止是一个人？是一堆人，老的少的，男的女的，天南海北的粉丝。这是多么大的一群人呢！

有这么多人的喜欢，这么多人读，她心里一定是花枝春满了，一定是盛开着的了！唯愿她：一路盛开！一路。

# 不带走一片云彩

暮春时节，一地的落英，满地的哀伤。

这样的落花，是容易让人想起徐志摩的，想起康桥上那个孤寂苍凉的身影，越想心里的惆怅越加重，仿佛，那日走在康桥上的不是他，而是我。

一袭长袍，中分头，戴一副眼镜，弯眉，薄唇，满眼里是康河水一般的柔波，就连皮肤也白皙得像精致的诗行。我从纸张上认识了徐志摩，一张脸被诗情染得文绉绉，带着江南女子般的几丝温婉，全没有诗人放荡狂热的外表。然而，一颗招摇不羁的心，是花枝招展在民国诗坛上的，这招摇，像极了他妖艳的情事。

“相见时难别亦难，东风无力百花残。”在离别的路口，李商隐写下了这样伤感的诗句，想必他是无奈的。徐志摩也是无奈的。再大的才华也拦不住分离的脚步，再有力的诗情也掩盖不了分别的忧伤。

然而，徐志摩以为他能。他企图风轻云淡，波澜不惊，他要轻轻地踮起脚尖，蹑手蹑脚，像一阵风，来无影，去无踪。这怎么可能？这需要多大的劲才能按住一颗兵荒马乱的心？我看到了，他正用了全身的力量在按呢！

徒劳！

剑桥，于他不仅仅是一所学校；康桥，于他，不仅仅是人生中短暂的逗留之地。在这里，他遇到了狄更生，遇到了林徽因，遇到了他生命中的转折点。康河水给了他灵性，康桥给了他诗情，让他如一匹劲马，驰骋在诗歌的王国里；让他像一股清泉，欢唱在文坛的天地中。这个时期，他有着过度膨胀的热情，也有着绝世的才华。灵魂的栖息地，诗情的摇篮，他不能忘记。不能。

“看一回凝静的桥影/ 数一数螺钿的波纹/我倚暖了石栏的青苔，青苔凉透了我的心坎/还有几句更笨重的怎能仿佛那游丝似轻妙的情景/难忘七月的黄昏，远树凝寂/ 像墨泼的山形，衬出轻柔暝色/密稠稠，七分鹅黄，三分橘绿/那妙意只可去秋梦边缘捕捉。”

看看这些软塌塌的句子，是要把人袭击倒的。这诗句真软啊，软得似康河水，那些桥影青苔、妙意柔境，那七分鹅黄，三分橘绿的恰恰好，只有他能拿捏得这般准。只有他。这该需要多么细腻的心和厚重的情啊！一个男人写出这般软的诗句，是会让人不齿的，可在不齿中，又仰望他。

最勒得他心疼的是那段情。那个女子用笑声点亮了四月天，也点亮了他的心。

他撑长篙，她坐船头，在康河的柔波里，向着更青处漫溯；她在前面跑，他在后面追，他们的身后是一串春天般的笑声；她坐在树下，他用了春天一样的声音读那些夏天一样的诗句。那样的和谐和爱，早已超越了所有。

康桥上手牵手地漫步，河岸边肩并肩地交谈；波光里相伴的身影，夕阳下深情的对视，还有她发丝间淡淡的清香，他都记得，他清楚地记得她的牙齿，那么白，那么白。

“共饮一杯清茶，同研一碗青砂。挽起一面轻纱，看清天边月牙。”

“谁在春日艳阳的午后，轻抚你穿过飘扬秀发的手。谁在无数个黯然的白夜，带走独斟酌饮的酒，把浓烈的温度，狠狠地烧进胸口。”

太多了！那些深入骨髓的话语，那些蚀骨销魂的细节，像河岸上的金柳那样有光泽，像河底的水草那样招摇，也像软泥上的青荇那样闪亮。它们以风的速度、春天的样子，一并涌了过来，像潮水，似狂风，又猛烈又肆虐。

怎么会这样？怎么会这样？明明说好了，要相守一生；明明说好了，要海枯石烂。可我抛妻弃子，你却决绝转身。我以为我就要接近天堂，可却坠入了地狱；我以为我会拥有你，可你却依然隔着云端，隔着云端。

“走着走着，就散了，回忆都淡了；回头发现你不见了，忽然我乱了。”我想，他说的这话，真应了他那时的心境。

“空有回忆，打乱缠绵。笑容不见，落寞万千”，无助的志摩，那一刻，心一定落在了黑夜里。泪哽咽、心凝结，不要说是哭，就连死的心也是有的吧？放歌？他哪里是要放歌，分明是要呐喊，要咆哮，要骂娘。可，他没有。只能悄悄，悄悄是离别的笙箫；只能沉默，沉默是今晚的康桥。

内心越是痛苦，外表就越是强大。靠着装，才倒不下。

张爱玲当初离开胡兰成，提着皮箱，穿着旗袍，仰着高傲的头，潇洒地走了。可她的心呢？拧成了一个疙瘩，败给了一个小护士，心里有多少的不甘啊！她也多么想转身对胡兰成说：“我不想走，哪里都不去，求你，让我留下来，陪你！”有哪个女人愿意离开自己爱着的人呢？

可她没说，说了，就不是张爱玲了。

她说了另外一些话：“我爱你，为了你的幸福，我愿意放弃一切，包括你。”这才像张爱玲。心里明明要想方设法挽留，嘴里却故作不在意。故作。

这故作，实是无奈之举。一颗心远去了，就是真的远去了。

徐志摩一去康桥，再去康桥，寻寻觅觅，凄凄惨惨，然而，物是人非，欲说还休，只能留下一个落寞而孤寂的身影，几行故作轻松而洒脱的诗句，还有那一声长长的叹息……

我想，那日的康桥上一定落满了忧伤，那日的康河里一定漂满了落花，那落花随水而流，像他波澜起伏的心情，像他千疮百孔的心。河岸上的金柳被夕阳染成了新娘，河底油一样的水草还在招摇，软泥上的青荇还在闪着光泽，然而，他彩虹似的梦碎了，他的心也碎了，似落花，纷纷凋零、纷纷落。

那就故作潇洒吧！撑一支长篙，载满船星辉，在梦里斑斓。挥一挥衣袖，招一招手，不带走一片云彩。不带。

不是不带，是没有什么可带了。没有了。

# 小　绿

她手里拿一根烟，一根细长细长的烟，烟从她红色的嘴里吐出，一个圈一个圈，一个圈撵着一个圈，像诱惑。渐渐，烟雾蒸腾起来，在她的周围织成一张网，她就坐在这张网里。跟她一起坐在这张网里的是一只宠物狗。宠物狗坐在她的怀里。

看她抽烟的时候，我就想，她该是怎样的一个女子呢？烟圈吐得这样熟，这样圆。我不抽烟，我认识的女人里，也很少有抽烟的。这特别，让我不免多看了她几眼。

她涂了很浓的眼影，像套上去的烟圈；涂了很艳的口红，像招摇的罂粟；也涂了很厚的粉，企图要遮住一些什么。其实，什么也没有遮住。我还是闻到了一股味道，一股很重的风尘味。她身上喷了很浓的香水。那香水很呛人。

她瘦瘦小小，长得很弱，很江南。可一开口，叽里呱啦的，那气势和蛮劲，一听就是东北人。

她很爱笑，咯咯咯，很招摇，跟她的瘦小极不相称，那笑声一起，麻将馆所有人的眼睛都齐刷刷落在她身上。她呢，也并不觉不好意思，反而很骄傲，那骄傲，像她的笑一样招摇。

她是麻将馆里的常客。

麻将馆在我们小区的楼下，老板娘是我一个亲戚。我偶尔去的时候，她都在，不是在牌桌上，就是抱着宠物狗坐在门口的椅子上，但不管什么时候见她，她都在抽烟，抽那种细长细长的烟。我就想，她为什么那么喜欢抽烟？大概就像我们吃饭一样，不能省略吧。

只是晚上很少见她。

有人说，她晚上上班，上午睡觉，下午打麻将。

人们都叫她小绿。

就这样，我知道了一个叫小绿的东北女子。一个抽烟、养宠物且打麻将的女子。

渐渐地，我发现，她看男人时的眼神跟看女人时不同。看女人时正常，看男人时就不正常了，就多了一些暧昧的东西。

有时，她正打麻将投入时，就会有手机铃声响起，她拿起手机瞄一眼，粗话就紧跟着撵上来：“真是的，不知老娘正忙着。”然后，就把手机往耳朵与肩膀间一放，头向肩膀靠下来，像换了个人似的，声音也软了起来，嗲了起来，脸上的笑，一朵一朵的，在烟雾里绽放。

有时，她接了电话非走不行，她就大声叫老板娘，然后掏出五百元，往桌子上一甩，说，我得赶紧走，你替我打这锅，输赢算我的。然后抓起手机，背上包，风一样地向门口奔去。

接她的是一辆黑色的轿车，只是这车从来不在麻将馆门口停，而是停在马路的对面，麻将馆门口紧邻一条街道，行人很多。她呢，出去时，就穿过马路，急匆匆地向着那辆黑色轿车奔去。到跟前，一猫腰就钻进车里，车启动，后面跟着一屁股烟尘。有一次，我就看着她穿马路时，险些被一辆车挂倒，好在她反应快。好险啊。

那个男人，我从来没有见过。他的身份就是一辆黑色轿车。

后来，断断续续地听别人说，“黑色轿车”是个包工头，有家有孩，用钱买了她。就像买了一件衣服，想啥时候穿就啥时候穿，不想穿了就随手扔掉，像扔一件旧衣。

她终于还是被扔了，像扔一件旧衣。

好久了，她都不来麻将馆了。

有一天，她终于来了。只是，脖子上套着绷带，至胸前，胳膊弯着，手放在绷带上，手上缠着纱布。她受伤了。

有几个人在小声地嘀咕着，说她的事。大概是被“黑色轿车”打的，至于什么原因，大家也给予了种种猜测。但没有一句同情，都几乎是异口同声地说：“活该，这样的女人，就该有这样的下场。”

我看到她单薄而瘦小的身影，笼在一片烟雾里，像一片飘落的树叶，随时都有被风刮走的可能。心不由得一缩。

渐渐地，我们熟了。

我知道了她有一个读初中的儿子，而且恰恰是在我上班的学校，那是全市最好的一所中学。

她知道了我是她儿子学校的老师，她眼睛一下亮了起来，立刻恭敬起来，脸上荡漾着讨好的表情，说话时，还是叽里呱啦，但语气里都是浩浩荡荡的热情。

她便向我讨教怎样教育孩子的问题，怎样跟老师配合的问题。还告诉我，她每周花将近二百元给孩子上补习班。还说，孩子很争气，班级前几名。她说到她的孩子时，一脸的骄傲，一脸的春光。脸上的母性光芒纷纷扬扬，往下流。

只是，她并没有说她孩子在哪个班，叫什么。

她说，她也没办法，老公在孩子十岁时就死了，家里还有个瘫痪的婆婆，她请人伺候，每月寄钱，孩子上学也得用钱，得给他攒够上大学的钱。打工赚那点钱根本不够的，不够。她说这些话的时候，眼睛里蒙上了一层雾。

当我知道了这一切的一瞬，我觉得，她小巧可人，很好看，那股刺鼻的香水味也不那么难闻了。

我知道了她孩子是初三，我那年正好带初三。有了复习题什么的，我就拿给她，让她孩子做。但我始终不知道她的孩子叫什么，在哪个班。

冬天的时候，她送我一条围巾。那是一条蓝色底子，有民族刺绣的围巾。她说，老师，搭你那条民族风格的裙子应该好看。

果然好看！这是一个很会美、很懂美的女子。如果，她的丈夫健在，如果，她读过书，她一定不会这样的。一定。

有其他人看到了，拽着我悄悄说，你要她那干什么？不嫌脏？

我说，不脏呢。不脏。

她儿子高中毕业选报志愿的时候，她又征求我的意见。我不是太懂，便帮她找了一位朋友。她儿子被北京的一所重点大学录取。

她叽里呱啦，说了一火车感激的话，语气里依旧是浩浩荡荡的热情。

她说，她要跟着她的儿子去北京，并给我留了电话。只是我再没有见到她，也没有联系过她。

她的儿子我始终没有见过。

他该不会嫌她脏吧？

小绿，像一股风一样，从我的眼前飘走了，从我所在的城市，飘到别人所在的城市。我不知道她现在又飘到何方。

我在街道上走着的时候，也会碰到一些女子，一些风尘气很重的女子，一些像小绿一样的女子。我就会想起小绿。我再看她们时，就不那么生厌了。

# 罂粟花一样的女人

认识林徽因的人，都说她是白莲。我说，不，她是罂粟花。

电视剧《人间四月天》里的林徽因，短发、白衫、蓝裙，清纯如一汪水，素淡如一朵莲。不艳，不媚，眉宇间有光，但不抒情；眼里有情，但很含蓄；偶尔也笑，但决不露齿。大家闺秀的风范，少女的楚楚动人。

难怪让徐志摩怀想一生，让梁思成宠爱一生，让金岳霖记挂一生，也让更多她认识的和不认识的男人看她，仰起头。

十六岁，在康桥，邂逅徐志摩，只一眼，那朵含苞的花就再也憋不住了，不管不顾地开放了。爱了，就不管不顾了，就热烈四射了，眼睛里还有什么？什么也没有了，就只有我和你！有妇之夫算什么？张幼仪又跟我何干？

没有前因，无关风月，只因爱了。

一切的错都能原谅，只因爱了。一个有绝代容颜，一个有斐然才情；一个浪漫，一个喜欢浪漫；一个脉脉含情，一个风流倜傥，绝配！

徐志摩疯了，实在是疯了，爱是会让人疯掉的。贤惠的妻子，可爱的儿子，伦理、亲情，加起来都抵不上一个林徽因。都不顾了，该弃就弃，该丢就丢，弃了谁，都不能负了林徽因。丢了谁，都不能丢了那一双水一样的眼睛。水一样，一汪水荡漾着清纯，涟漪着诱惑，他招架不住了，开始沦陷。

我投你以桃李，你该给我怀抱。可是，林徽因明明爱着，却不要，一个华丽转身，一个决绝离去，把徐志摩吊在了半空中。她有理由，道貌岸然的理由，牵强附会的理由。当初，爱得死去活来的时候，她忘记了，忘记了他有妻有儿。徐志摩心死了，可她偏偏又几行字，把他撩拨醒了。然后，又一闪身，不见了。

她转身的时候，对落寞的徐志摩说，如果有来生，我一定选择你。今生都不能给，还指望来生？看，这就是林徽因，即使是弃了，也要像四月天的暖阳一样。

徐志摩是诗，梁思成是句子。诗是飘浮在空中的，句子是铺展在脚下的。林徽因是风华绝代的女子，可也食人间烟火，自然有一般女子的秉性。风花雪月，她要，但，玫瑰花就着白开水，这日子，她不要。那爱呢？她把它封存到心里的某个角落。天晴的时候，拿出来，晒晒。

日子给了梁思成，浪漫给了徐志摩。

可，拿什么给金岳霖呢？什么都不给，就一个眼神，足够。

金岳霖是能够抱着一个名字过完一生的男人，只要“林徽因”三个字就足以暖一生。

金岳霖就是金岳霖，只爱不索取，只爱不恨，即使是满腔的嫉妒翻江倒海，他也要压，使劲压，压得风平浪静。一副谦谦君子相，一副不食人间烟火样。你高兴了，我就陪你笑；你的天空下雨了，我就给你撑伞。你累了，我是肩膀；你困了，我就是枕头。只要你笑，我便春暖花开；只要你幸福，我便拥有天下。这爱，不计回报，爱得苦，爱得痛，爱得令人落泪。

林徽因去世了，金岳霖在她生日那天请客，他说，今天是徽因的生日。这话惊人，这举动惊人。满桌皆惊。不是爱到骨子里，不是刻进生命里，是不会这样的。

林徽因啊，林徽因，你骄傲，你在花丛中笑，把自己笑成了四月天。可是，你没能看到一个男人背后的寂寞，你没能看到坚强背后的脆弱。水中望月，镜中看花，这感觉你肯定没有。你不爱人家，早说，别让人家终身不娶；你不爱人家，你干脆些，牵牵连连的像啥？

唉，可天下男人就是贱，越是够不着，就越觉珍贵；越是得不到，就越觉值钱。宁肯守着天上的月亮，也不低头瞧一眼脚下的花朵。

“风花雪月是她偶尔品尝的一杯咖啡，凡尘烟火才是她要的真实生活，而那个终生未娶的金岳霖则是她生活的点缀。”

林徽因已经是花了，还要“锦上添花”。这样的女人，多半是罂粟花。

林徽因这朵“罂粟花”是从骨头里开出来的，陆小曼则是一朵招招摇摇的“罂粟花”。艳丽，妖媚，名副其实。即使是莲，也不是“白莲”，而是“红莲”，胭脂般的红。细腰一扭风情万种，媚眼一抛勾魂摄魄。就连她躺着抽大烟，一圈一圈地吐，一口一口地吸，也要迷死人。

陆小曼爱上了徐志摩，也是因为一个眼神。舞会上，徐志摩邀请她跳舞，舞池中，陆小曼忧郁的眼神被徐志摩看穿，他盯着她的眼说，王太太，你是寂寞害的！只一句话，她就爱上了他，只因，他懂她。能看出一个女人寂寞的男人，一定能看穿她的心。

陆小曼爱了，爱得彻底，爱得贪婪，爱得疯狂，她要为他不顾一切。当一个女人为爱不顾一切时，她可以连命也不顾。她的丈夫王庚知道后，用枪抵着她的太阳穴，她没怕，因为她心里装满了爱，他就是她的天。一个女人有了天了，还怕枪？

有人说，陆小曼傻，守着奢侈的生活不要，给个阔太太还不做，偏偏要个会写几首诗的徐志摩，可我觉得不是，陆小曼要的是真爱，遇到了，就紧紧抓。爱了，就不言弃。

可是，林徽因不。徐志摩、梁思成、金岳霖，爱哪个？更爱哪个？更爱的，她不要；爱她深的，她不嫁，偏偏嫁给了梁思成。有人说，她理智，她聪明。要我看，她世故，多少有些俗。

林徽因是一朵白莲，是智慧的化身，是女子中的奇葩。难怪有好多母亲买了写林徽因的书，给出落得像花一样的女儿，说，多看看，学学人家林徽因。而不会有一位母亲说，长大后，你要变成陆小曼。

我却不这样认为，陆小曼有缺点，有了缺点更真实；林徽因太完美，完美得令人窒息，但太过完美，就有点假了。

林徽因、陆小曼都是“罂粟花”，只是一个开在脸上，一个长在心上。

# 为了梦中的橄榄树

三毛说，她流浪如果只为了天空飞翔的小鸟、山间轻流的小溪、宽阔的草原，那就不必去也罢。

三毛千里迢迢跋山涉水流浪，为的是什么呢？原来是为了梦中的橄榄树。

橄榄树，大胡子荷西的故乡西班牙，遍地是。原来三毛流浪是为了荷西，为了爱情，为了她心中的天堂。

女人拥有了爱情，就是到了天堂。

女人为了梦中的橄榄树能绿意盈盈，能长盛不衰，会掏心掏肺，会不顾一切，哪怕是锦衣换素食，哪怕是飞蛾去扑火，哪怕是为他去死呢，哪怕……

荷西工作的地方离家远，三毛每天下午开三个小时的车去接荷西下班，一个女人，独自一人开车，每天。那可是在沙漠里行车，随时都有被龙卷风吞没的危险。

荷西要去另一个岛上，那里荒凉苦寒，三毛二话不说，卷了行李，拿了箱，弃了温馨，舍了家，义无反顾地陪荷西去岛上生活，一个咯噔都没打。

多么决绝，多么坚定，像六月的玫瑰，开得肆意，开得荼蘼，为什么那么不管不顾地开，一定是遇到了最美的年华；像一江的春水，向着东流，只向着东流，为什么头也不回？一定是前面有更迷人的风景。

贾宝玉说，女子都是水做的。可三毛的优柔呢？温婉呢？没了，都没了。为了爱情，一条路要走到黑，你走到哪里，我就跟你到哪里，生生死死都要在一起。你是风儿，我是沙，缠缠绵绵到天涯。荒凉苦寒又算得了什么？有了荷西，就有了世界。

“我必须是你近旁的一株木棉/和你站在一起/根，紧握在地下/叶相触在云里。”舒婷是这样说的，三毛却是这样做的。

张爱玲也是这样做的。胡兰成就是她的橄榄树，梦中的橄榄树。为了心中的橄榄树，她日日守护，岁岁打理，浇水拭叶，捉虫剪枝。胡兰成说，她穿旗袍最能穿出旗袍的风韵，她就穿旗袍，红的、紫的、碎花的、单色的，一件又一件，一条又一条。女为悦己者容，巧妆黛眉只为君。

“见了你，我变得很低很低，低到尘埃里，但心里是欢喜的，从尘埃里开出花来。”都变成尘埃了，还欢喜？

后来胡兰成离开她了，不再有爱了，她还对他说：“我爱你，为了你的幸福，我愿意放弃一切——包括你。”人家都不爱你了，还说这话？

他生活窘迫时，她双手奉上了自己的稿费，这稿费可是她一个字一个字写出来的，那上面密集着她的汗水和心血啊！

真是傻女人！傻！女人真正爱了，智商都是零。以为，只要自己捧出一颗心、端出满腔情，梦中的橄榄树就会茂盛，就会常青，可她忘了树喜阳，也喜新。

张爱玲心中的橄榄树总归是枯了、萎了。

宋庆龄为了梦中的橄榄树又何尝不是这样？

二次革命失败后，孙中山流亡日本，宋庆龄接替父亲和姐姐的工作，担任孙中山的秘书，鞍前马后，生活起居，无微不至。宋庆龄是一剂良药，医治了先生内心的创伤、流亡的孤寂。她爱上了他，要以身相许，那时，她二十二岁，他四十九岁，可年龄怎能是不在一起的理由？父母的“软禁”又怎能关住一颗决绝的心？

她不顾了，什么都顾不了，逃离，一个人，赴东京，与他成婚。

一个二十二岁的女孩，跨过年龄，冲破世俗，冒着失去亲情的可能，哪来那么大的勇气呢？是爱情的一双大手在推着，前方就是橄榄树，梦中的橄榄树。那绿是召唤、是蛊惑，那枝叶在伸出臂膀，她要投入它的怀抱，不能等了，一分钟都不能。

赵一荻曾在《新生命》一书中写道：“为什么才肯舍己，只有为了爱情，只有。”

在众多的树里，她望见了他，那棵挺拔的橄榄树，那棵生机盎然的橄榄树，她刹那惊鸿。只一眼，便是一生。

他对她说，他有妻于凤至，她只能以秘书、小姐称之，她点点头接受，欣然，还激动。她无名无分，矢志不渝地安营扎寨，陪着他，一陪就是三十年，直到她五十四岁时，才有了“张夫人”这个头衔。

做不了它旁边的树，就做一棵草吧，只要是它的旁边，就好。日里看着它，夜里守着它，分秒守护，片刻不离。名分是个什么东西？灵魂相融，才是最好的爱情。

张学良对自己做过这样的总结，他说，他平生无憾事，唯一爱女人。

我读到这句话时，我替赵一荻担心，她当年就没有过这样的担心吗？一个掉进爱河里的女人，除了他，心里什么都装不下了。

女友，北方人，继承北方的特点，顿顿是面食：擀面、拉面、揪片、猫耳朵，样样爱吃，天天吃不败。上学时，吃食堂，一遇到米饭就皱眉，就叫嚷，把饭盒一放，那火在饭盒上噼里啪啦，四下里燃，不吃了，不吃了。

我们曾戏谑她，将来你嫁到南方，看不把你饿死。这话还成真了，她果然嫁了南方人。

二十年后，我们聚会，席间，我们点主食，刚一开口，她就迫不及待说要米饭，大家愕然！她说，他爱吃，我便跟着吃，现在居然顿顿离不开了。

爱他所爱，为他改变。

女友，为了梦中的橄榄树，改变了几乎不可能改变的习惯。爱情面前，没有不可能。

还有一女友，从结婚到现在，一直梳长发。短发流行时，我们蛊惑她，她说，他喜欢长发；烫发流行时，我们劝她烫发，她说，他不喜欢女人烫发。

因为他的一句话，她放弃了尝试；因为他的不喜欢，她也跟着不喜欢。我只长发，只长发，长发飘飘为君留，他不喜欢，我又梳给谁看？

一切都是为了梦中的橄榄树。橄榄树。

# 从尘埃里开出花来

“见了他，她变得很低很低，低到尘埃里，但她心里是欢喜的，从尘埃里开出花来……”

一个女子把自己缩小、放低，低下去，低到尘埃里。前面是悬崖，明明知道要粉身碎骨，却奋不顾身了。是什么有这么大的魔力呢？爱情！

爱上一个人，就是爱上了这个人的一切。女人爱一个人到一定程度了，就不是自己了。你不在眼前时，我想；你在眼前时，还想。你高兴了，我就春暖花开；你不高兴了，我便陪着落泪。还说什么，我即使低到尘埃里，低到看不见了，心里也装满欢喜。都看不见自己了，还欢喜什么呢？傻，痴。

凡间俗女子是这样，孤傲冷艳的张爱玲也是这样。

张爱玲是一朵花，才情和文字把她装扮得灼灼艳丽，光芒四射。可惜了——她亭亭的身，艳艳的貌，还有咄咄的才。枉了这样一朵花，没有一块肥沃的土壤来养着。一朵娇艳欲滴的花，在饱受日晒雨淋，饱受感情的折磨下，忍耐！忍耐！期待着开花，这堆土上是开花了，一朵又一朵，却没有一朵是她。这个男人忘记了，忘记了她是花，需要养料。张爱玲也忘记了，忘记了自己是女人，要爱自己。

张爱玲是谙熟男女之情的，可，她把别人的感情演绎得倾城倾国，唯独让自己的爱情衣袍上爬满蚤子。是她不懂爱吗？是她没带上放大镜。她想着的他是守着一处风景的人，可他偏偏是不甘偏安一隅的人。她以为他把她当风景，他却把她当衣服。

胡兰成光鲜的外表、倜傥的风度、文学的谈吐，像幽深的湖，深深吸引着张爱玲。湖水一漾一漾的，涟漪像绽放的花，魅惑了青涩的眼。这艘从未涉足过爱情之河的小船，陶醉了，迷失了，找不到归路。在爱河里，女人的眼里，只有春天，只有满树的花。

可是，他没能让她开出花来，或者是刚刚绽放，还未来得及灿烂，就遭遇风寒霜降的侵袭。陷在热恋中的女子，眼睛里所有的世界，都浓缩为那个他。

有人是这样评价张爱玲的："即使他为她调制的是一杯毒酒，这个孤傲痴情的女子，也会含笑举杯，一饮而尽。"一点都不假，她就这样。我爱他，不可以吗？为他做一切，不可以吗？红尘世路，烟柳断肠，她的坚定没错，错就错在爱错了。孤傲的她在世界面前都是昂着头的，唯独在他面前是匍匐着整个身的。她就是要一个喜欢的男人，要一份纯粹的爱情，要一个烟火的家庭。可是，他给不了她。即使她是一朵艳艳灼灼的花，但，他要的是整个花园。

日子是会把热情降下去的。风流成性的胡兰成怎甘于平静？他是一堆随时需要点燃的柴火，只要遇到火星，就会燃烧，他才不管会烧着谁。胡兰成烧着了张爱玲，把她烧得伤痕累累，他烧着的何止是张爱玲一个女子？这位善于在这儿那儿辗转，乐于在新欢旧爱中缠绵的男子，他的字典里压根就没有"珍惜"二字。他冠冕堂皇、理所应当地活着，活得有滋有味。而可悲的是，那些女子心甘情愿地把见到他或者等待见到他，作为生活的全部。

张爱玲也曾这样睁着眼睛巴巴地等，后来，她不等了。毕竟她不是凡间俗女子，她深知世界上不是所有的东西都能拿来分享。她看清了一切后就华丽转身！但她也转得不是很彻底，毕竟爱过，还爱着，他落魄了，她慷慨解囊。她是一个念旧的人，可别人未见得念她。

哪个女子都不会拒绝绽放，只是遇不到一个值得她为之灿烂的人；哪叶漂泊的小舟，都希望停泊，只是还不曾遇到一方让她靠岸的港湾。

张爱玲遇到了赖雅，绽放了，停泊了。可令人心疼。赖雅，六十五岁，长她二十九岁，疾病缠身，如风中之烛，一吹就灭。他土壤贫瘠，自己都摇摇欲坠，怎么能给一朵花以养料和水分呢？这个走下坡路的德国老男人，带给她的是苦难、贫穷、艰辛以及为生计奔波的无奈。张爱玲这个视金钱如粪土的富家女子，为了生计，再一次低下头去，低到尘埃里。这次，她低给了尊严。这次，她又没选对。

生活里不是谁靠着玫瑰花就能活下来，生活毕竟不是童话，它是实实在在的油盐酱醋。一朵花，在一堆松松垮垮的土里，站都站不稳，哪里还有绽放的力气，芬芳就更是奢侈了。张爱玲这种不顾外在、不计现实的选择，是脱离了生活的。烟火不是小说，虚构是撑不住的。她凭感觉，可感觉有时就是错觉，女人有时真的不能把自己当男人，当某一天女人不得不把自己当男人时，女人就失去作为女人应享有的一切。

也许这两个男人让张爱玲开放过，但真正让她灿烂的，是那些没有生命的文字！

那些大大小小、长长短短、神奇无比可自由组合的文字，是张爱玲一生中的美丽，也美丽了张爱玲的一生。她，专为文字所生，在文字里，她是热烈的舞者，深情的歌者，她高擎文学的灯盏，把光洒在了上海滩的角角落落，照亮了自己，也照亮了民国文学的上空。

这个在男人面前低下去的女子，男人没让她开出花来，文字却让她一路芬芳。

张爱玲的爱情是民国粉黛春秋里的一块伤疤。想起，会让人无比痛心。所以女人，即使是真爱了，也别把自己低到尘埃里，有些土壤，是开不出花来的。

# 潘　帅

潘帅，其实不是他的名字，可熟悉他的人都这么叫。我也便这么叫。

这两个字，配了他，合适。他的确帅！个子不高，干瘦干瘦，很南方，身材南方，五官南方，那种精明的气质、那种不俗的气场，都很南方。

如果别人不告诉我他的年龄，我一直觉得他活在二十多岁里。

这是一个不藏岁月的男人，岁月在他身上走过，都不留下明显的痕迹。这岁月，也挑人。

不知怎么，当我看到他的那一瞬，突然想起了何炅。对！是何炅，阳光、向上、青春，永远猜不透年龄。也突然想起了古戏里的潘安，潘安，那个时代的标准美男。脑子里就会想：那个潘，会不会就是这个潘的样子？

他本名叫潘海林，初中语文教师。“海林”，这浩大盛气的名字，感觉跟他克制的身段和精致的长相极不相配。但跟他的名气，跟他在学生心中的分量倒是极其相当的。

没见他以前，就听说了他。

学生甲说，潘老师讲语文，那叫个绝。

我问，怎么个绝法？

答曰，说不出怎么个绝，但就是觉得绝。

也偷偷听到过学生议论：老潘讲课，幽默风趣、天上地下、一去万里，带着你飞啊飞。飞翔的感觉，你真是不懂，让你真正双脚不想着地。

也有学生说，反正，听老潘讲课，打铃老半天了，屁股都不想离开凳子。

什么大神这么牛气？我去问同事。同事说，不是等闲之辈，总有过人之处。这含糊不清的回答，给了我一个含糊不清的谜语。谜面，正等着时间去翻阅。

我猜测，那一定是戴个眼镜，才学五斗，幽默风趣，有人格魅力和不俗气场的老教师了。见了后才知，前面猜得蛮准，只是这最后一条，出入也太大了些吧。

后来，我认识了他，后来，我们成了朋友。

第一次见他，好几个人，当别人给我介绍他时，我心里打了个咯噔，然后颔首，然后记住了他的另一个名字：潘帅！

然后，就听他侃，一套一套的，天南海北，五湖四海，标准的普通话，磁性的声音，像金色的浪花，在杯盏间一朵一朵绽放。然后，就开始说，你一言，我一语，谈学生，谈语文，他照样一套一套的，还时不时地幽默上一句或者两句，“哗——”，大家哈哈大笑，大家捧腹大笑。我看到，空气在加速流动。

他也笑。这是一个有光环，有气场，能把空气都带动起来的人。这样的谈笑，是会让人彻底放松的。繁忙的生活太需要这样的放松了。他把自己打开了，大家都把自己打开了，这样不设防的谈笑，总是充满欢快的。

那一瞬，我脱口而出：难怪学生那么喜欢他。难怪！

我听过他一次讲课。作文课。区中考研讨会。那天，他穿西装、打领带，很正式的样子，看得出，他对工作的严谨和恪守，但一点也不呆板，一点也不。下面黑压压一片，都是老师。他站在台上，就是一株挺拔俊朗的白杨树。

他开始讲了，讲什么内容我记不清了。但，他的教学方法我记住了，他的清晰思路我记住了。这是一堂不按常规出牌的课，有个性，有特质，有自己的思考和悟性。把课标渗透到深处，却又不囿于课本。不是谁都能把课讲活，也不是谁都能把课上成一篇静美的散文。他能，能把它上成散文：形散，散得插上翅膀；神聚，聚得画龙点睛。

我还记住了他的声音。标准的普通话，清冽的音质，似山泉倾泻，像小溪跳跃，但又不失厚度和质感，那些汉字被他带动着，在空气里飞扬，磁铁一般地吸引了全场人的耳朵。

我听得入神，老师们都听得入神了。我听到窗外，凛冽的风拍打窗户，一棵树枝被风带着走，我甚至听到有风从我耳边走过。我的心在欢唱，那里有掌声响起。

一个精干的人做什么都精干。他让我再次印证了这句话。我从没见过一个蓬头垢面、邋里邋遢的人会在哪个领域做出成绩。我不是以貌取人，不是。一个连自己都收拾不利索的人，能把工作收拾得利索吗？

散场了，我还坐在原地，我的思维还在他的课里。

我还听书商说，这么多年来，潘老师从来不买课外资料，都是自己归纳整理成题，用自己的东西给学生。当然，出版商说这话的时候，脸是黑着的。

一个在教学上有特质的教师，本身就是亮着的灯盏，一程路，一程光，这光，照亮了别人，也照亮了自己。

学校文艺会演，他做主持；期中期末，他去出题；研讨、示范，都有他的身影。电视台采访他，报纸刊登他……

是旗帜，就永远迎风飘扬；是灯盏，就一路照过来……

# 父亲，为我竖起了路标

时光碎了，但记忆还在，父亲的教导，已变成一种气质，嵌入骨髓。这么多年来，与我彼此照见。后来，我逐渐明白，这种潜移默化的东西，无论生活怎样辗转，它都肆意而蓬勃，亘古而坚定，人家说，这就叫家风。

那年夏天，我十岁。

村东有一条马路，很长很长，两边的村庄像绣在它两旁的花朵。爷爷说，这条路一直通向县城，在爷爷一脸羡慕的描述里，县城就像挂在路尽头的一个诱惑，驱使我常常伸长脖子去眺望，可我并未看到过县城的样子，但县城的气息我熟悉，它一直氤氲在我的意念里。那时，村东的那条路上，常常会有穿着四个兜衣服的男人，骑着自行车，从北面驶向南面，那是县城的方向。

在自行车荡起的尘土里，总有一双渴望的眼睛和一声长长的叹息。

“我要是有一辆自行车该多好！”玩累了的时候，我就会坐在槐树下，向着县城的方向，灼灼而望，痴痴而想。然后，在头脑里一遍又一遍地勾勒县城的模样。

那天正午，路上空无一人，路两边的槐树也耷拉着脑袋，阳光穿过叶片投下斑驳的疏影，蝉在不停地聒噪，我坐在树影子里玩吊蚂蚁的游戏。

“扑通”一声，像一阵凉气，把夏的炎热和宁静搅动，我循声望去，在马路中间，白晃晃的光线下，躺着一个军用包，那包鼓鼓囊囊的，像饱满的召唤，我奔了过去。是谁的呢？我向前方望去，一个骑自行车的男人，正奋力蹬着车子，向着县城的方向驶去，我又四下里看了看，马路上除了白晃晃的光线，再无他人。

一定是他的！“停——”我把包举过头顶，像摇着一面小旗似的。“下”字还没喊出口，我举着包的手像是被什么绊住，停在空中。一个黑色的钱包，像一枚落叶，打着旋，从包里落下，静静地躺在了地上。

我一手攥着钱包，另一只手伸向拉链，心里咚咚咚，小鼓一样敲。“不是自己的东西，不能随便动。”父亲的话像是一道指令，我的手像触电一般，猛地缩了回来。但好奇在心的枝杈上开始腾腾而生，到后来已经纷纷扬扬了，它的气势最终还是淹没了父亲的教导。我选择了打开。

里面嵌有一面小镜子，旁边的塑料皮里有一张照片，照片上的女孩，跟我差不多大，正对着我天真地笑。钱包的里侧是一沓钞票，我数了数，二百八十元！天！这么多钱！我几乎是惊叫着了。那一瞬，一种莫名的兴奋像火苗一样烧遍了全身，那感觉，跟过年穿了新衣一样，天上掉馅饼，也无非就是这般美好。那钱，仿佛就是我的了。

买一辆自行车一直是父亲的愿望，二百一十元，黑色，飞鸽牌，父亲不止一次到供销社看自行车，他还许诺我，要载着我去县城，给我买好多糖果呢。可家里的日子紧巴，攒够了钱，不是买化肥，就是添农具，总之是，那辆飞鸽自行车，还一直停在供销社。

这下好了！父亲和我的愿望就要实现了，我不由得朝着县城的方向望去，那个人连影子都没了，我暗自庆幸，把包紧紧抱在怀里，在白晃晃的光线里，急慌慌地向家的方向跑去。

远远地看到父亲在垒猪圈，我飞快地跑到父亲跟前，上气不接下气地把刚才发生的事说了一遍，满以为父亲会夸我。谁知，父亲还不等我把话说完，就劈头给了我一记响亮的耳光，我“哇”的一声哭了。父亲平生第一次打了我。“谁让你这么做的？”父亲眼睛瞪得像核桃，青筋如蚯蚓般条条绽出，一双手也在颤抖，对我几乎是吼着了。“都怪我平时教育你少。”父亲无奈地叹了一口气，那里面是失望和痛心。然后快速地扔下手里的活，不由分说，用满是泥的手，拿了包，拽着我，向着村东的马路走去。

太阳的热情丝毫没有降下来，汗水在父亲的脸上淌成地图，父亲顾不得擦，伸长了脖子向着县城的方向不住地眺望，和我一直站在马路上。我止住了哭声，沾满泪水的脸经太阳一晒，火辣辣地疼。父亲拉我坐在树影里，点了一根烟，烟星子一闪一闪，映着他沧桑的脸。他看着我火辣辣的脸，问我疼不疼。我赌气把头扭向一边。他一字一顿地对我说：“不是自己的东西，再好也不能要。要过城里人的生活，就得好好念书，这跟种地是一个理，没有一锄一锄的耕种，哪有秋天的收成？”那一瞬间，我突然理解了父亲的做法，怨气也在一点点地消退。

夕阳下山时，我们终于等来了那个丢包的人。他很感动，抽出十元钱往我手里塞，让我买糖果。父亲说：“不必谢，应该的，要是你也会这么做。”对着他递着的钱，我只是使劲地摇着头。

直到初中毕业时，我才第一次去了县城，但，我没后悔过。

我靠着好好念书，考上了师范。上学期间，那时火车还没有用身份证买票，有学生想尽办法逃票，几块钱的火车票对于一个拮据的家庭来说，是一种负担，我也蠢蠢欲动，我也计算过，这一年省下的票钱，可以买好几件漂亮衣裙。可我没有，一次也没有。家风，在暗中盯着我呢！

记得在太谷时，有次学校组织我们去青岛旅游，到了景点检票处，有家长告诉孩子，要猫着腰走；有家长告诉孩子，要夹在两个大人中间走。当时，八岁的孩子，天真地问我："妈妈，我该怎么走？"我对孩子说："你平时怎么走，还怎么走。"那一瞬，我真没感到吃亏和失落。我对自己说，父亲给我竖起的路标在，一直都在。

"不是自己的东西，再好也不能要！要想过好日子，就好好念书！"父亲的话凝成一种家风，路标一样，在我人生的路上一直立着，从来没有倒下过。

# 爷爷，用烧酒腌制寂寞

暮色渐渐漫上来，像在空气里倒了墨汁，一点点晕开。黑下满了院子，这个时候，爷爷屋里的煤油灯就亮起来了，昏黄的灯光透过麻纸窗户，洒在院子里，院子里的黑淡了，冷似乎也被化开一些。

屋内炕头上，爷爷圪蹴着靠在墙壁上，旱烟袋的火星子，在爷爷的一吸一呼间明明灭灭的，他那古铜色的脸上也亮一下暗一下，最后一口烟抽完的时候，姑姑就把一壶热过的酒放在爷爷跟前。酒壶，白色，漏斗嘴，像一个小花瓶。清香藏不住，向着屋子里扩散，它跑到爷爷鼻子底下，爷爷使劲地吸一下，然后长长地吐了一口气。爷爷斟了一樽，把酒樽贴到嘴边，“嗞嗞——嗞嗞——”，酒香在爷爷的嘴里就变成了抒情，爷爷咂吧咂吧了嘴，他的脸上像铺了一块刚染过的红布。爷爷有这毛病，酒一沾嘴就上脸，脸上经“红”一染，平时叠着的褶子，便平展了许多，那麦茬一样的胡须上，也就挂满了珍珠和清香。

爷爷喝了一樽又一樽，直喝得满脸兴奋，兴致来了，就唱上两嗓子，但总是山西梆子，唱的又总是《打金枝》里金枝爹的那几句唱词，唱得并不圆润，疙疙瘩瘩的，像在走坑坑洼洼的石子路。

爷爷醉了，可我的心被硌疼了，还不断地向外渗着血。

更多的时候，爷爷喝完酒，佝着背，呆坐着，像一棵割剩的红高粱，独自在田野里戳着。煤油灯“嗞嗞”的燃烧声，跨过火苗，围住爷爷织成一张网，网里盛着的是满满的孤独。只有火苗摇曳着摇曳了无数遍的舞，再没有什么欣赏的价值了，爷爷早就熟悉了它的舞步。爷爷的影子投在墙上，盖住了半面墙，我总觉它像一团乌云，停在了爷爷的眉头上，更像一只张牙舞爪的怪兽，撕扯着爷爷的心。

屋子里一片寂静。有时，寂静是一口陷阱，人掉了进去，就别想着上来。我对寂静的这种近似残酷的感悟，就是在爷爷的夜里提炼出来的，它具备纯度的特质。

爷爷是孤独的，像孤独一样孤独。这种孤独，在奶奶去世的时候就撒下种子，在小姑姑出嫁后，它就噌噌地往上长，晚上的时候，它就长成了夏天的样子。它的茂盛，打破了爷爷的生物钟，让爷爷变成了一张烙饼，翻过来折过去地不能安稳。爷爷的岁数像枝干一样长，爷爷的健康却像挂在树上的一片叶子，苍绿、变黄、干枯，直至飘零。

好歹有烧酒，烧酒，散酒，村里二狗酿制的，劲大，火辣，一口喝下去，那火就呼呼地往上蹿。爷爷就爱喝这酒，村里人都叫烧酒。烧酒，这名字动着，像一团燃烧着的火，酒的劲道都给叫出来了。烧酒就像庄稼汉子火暴的性格，村里的男人都爱喝，爷爷尤爱。

听爹说，奶奶活着的时候，爷爷并不喝酒。奶奶得的是脑溢血，一头栽下去就再也没醒来，那年，爷爷五十三岁。奶奶的突然离世，像一颗突如其来的炸弹，炸乱了爷爷的生活秩序，也把爷爷的心炸了一个窟窿，爷爷从此爱上了酒。烧酒，几乎天天不落，一直到他的手再无力端起酒樽。

酒有时就是枯枝上挂着的酸枣，那耀眼的红，多少能稀释冬天田野里的凛冽；那烈酒的清香，就像奶奶手里的棉线，拧成一股，织成了爷爷身上的汗衫。喝着烧酒的时候，爷爷就有了抒情的声音。爷爷喜欢在天黑的时候喝酒，爷爷说，喝了烧酒好睡觉。爷爷说这话的时候，我鼻子酸酸的，总觉清冽荡漾的烧酒，就是爷爷一个虚妄的梦境，梦里一定有奶奶。

可爷爷更多的时候是喝了烧酒也睡不着。

小姑出嫁那天，红对联，红喜字，红油布，我家被喜庆塞得满满的，在一片锣鼓声中，小姑着红戴绿，被众人簇拥着上了花轿。爷爷站在街门前，花轿看不见了，锣鼓声也越来越缥缈了，爷爷还站着出神。天边，夕阳染红了半边天，也搭在了爷爷的身上，爷爷的脸在对联的映衬下，像蒙上了一层灰土。爷爷叹一口气，佝着背向着院子里走去，跟着他的是一片嘈杂声和被人踩碎了的影子……

晚上，人都散去，小院又陷入了寂静，孤独再一次淹没了爷爷。爷爷坐在炕上，就着几颗花生豆、一根大葱喝酒，喝完一樽的时候，爷爷说："六儿，给爹倒酒。"我赶忙过去替她给爷爷斟了一樽，爷爷看到是我，愣了一下，才又叫着我的小名说："我家红儿也长大了，能给爷爷倒酒了。"他说这话的时候，我看到他的眼里蒙上了一层水雾……

那天，爷爷喝了两壶，当两壶酒喝完的时候，还要喝第三壶，我说："爷爷，别喝了，我陪你说会儿话吧。"爷爷才恋恋不舍地放下酒樽。我想，累了好几天的爷爷，喝了两壶酒，头一挨枕头，那呼噜声就该像鼓点一样奏响了，可是，那晚并没有。

深夜，我是被一阵窸窸窣窣的声音弄醒的，清冷的月光照在屋子里，一只大老鼠从锅台上跳到地上，向着堂屋跑去。顺着老鼠跑去的方向，我看到爷爷坐在那里，一动不动，像一尊石像，他的面前是奶奶的牌位，奶奶唯一的一张照片就挂在那里，爷爷根本看不清奶奶的样子，但那并不重要。我听不到爷爷说什么，但我想，他一定有好多话跟奶奶交代。五姑出嫁后，他也这么坐着，他有什么不顺心的事也这么坐着，他有高兴的事也这么坐着。他一定觉得，只要奶奶的牌位和照片在，奶奶就活着，那里，就是爷爷的一个出口。

可，那个出口能收留爷爷的一些，却收留不了另一些。实实在在的孤独，总像是长势凶猛的树冠，要遮住太阳，也像爷爷的心脏病，什么时候梗塞，由不得人。爷爷的夜晚，好歹有我的陪伴，可我知道，我不是姑姑，他更代替不了奶奶。

爷爷还喝酒，喝烧酒，一天不落地喝。爷爷是在用烧酒腌制一缸咸菜，本以为孤独像晒干了的咸菜，不想它越泡越大。爷爷也有喝醉的时候，那次爷爷真喝醉了。

那天，是生产队解散的日子，跟了他多年的牲口都被分散在村民家里。当最后的那匹叫黑子的骡子被三小爹牵走的时候，爷爷靠在马厩的柱子上，像被抽去水分的一株高粱，蔫儿了。夕阳濡染了半边天，也铺在了爷爷的脸上，爷爷的脸蜡黄蜡黄的，没有一点血色，像得了一场大病。干了一辈子饲养员的爷爷，牲口就是他的孩子，也是他缓解孤独的一剂药，如今，连星星都散了，他接下来的日子更接近黑夜了。

不知什么时候，爷爷坐在了马厩旁喝起酒来，这次，他没有用酒樽，也没有就大葱，拿起酒壶对着嘴“咕咚”一声，多半壶就落肚了，就像大热天他从地里回来渴极了喝冷水一样。不喝的时候就呆呆坐着，一动不动，就像马厩前的那根拴牲口的柱子。他的眼混浊沧桑，像村边龟裂多年的汾河，蓄着一摊浊流。他停停歇歇地喝着，直到把他放在马房里的那一缸酒喝完，后来，他是被村里的人抬回家的，回家后，吐了个底朝天，睡了一整天才醒来。

爷爷是想用醉来麻痹孤独，可孤独依然是暗夜里举着的灯盏。

爷爷的孤独，伴随着奶奶的去世、小姑的出嫁、牲口的解散，就变成了一口干枯了的深不见底的井。

后来，他得了心脏病，村里的赤脚医生说不让他喝，爹劝不住，姑也劝不住，他还喝，固执地喝。也许，一颗浸泡在孤独里的心，需要酒的腌制，才能把烟火支撑下来。或许，只有喝酒可以帮他缓解内心的孤独、忧伤和撕扯感，但更多的时候我看见爷爷唉声叹气、辗转反侧。

接下来，爷爷白天就守着他的田地、他的庄稼，夜晚，热烘烘的炕也冷寂了，只有我陪着爷爷。煤油灯换成了电灯，是亮堂了许多，可爷爷的心再阔达，也藏不住孤独了，它就像灯盏一样挂在爷爷的夜里，本来言短的爷爷就更没话了。

后来，我上了师范，弟妹也去外求学，夜晚，一盘大炕上就只有爷爷一个人。我想，夕阳坠下去的时候，陪伴他的只有烧酒了。我还没毕业的时候，爷爷就得心脏病去世了，村里的人说，爷爷是喝酒死的。可我知道，并不全是，孤独比酒更能让一颗心过早地凋落。

多少年后，当我看到爹喝酒的时候，总是想起了爷爷。想起爷爷的时候，我就斟一樽酒放在爷爷的牌位前，我看到，在爷爷沧桑的脸上，笑容从麦茬一样的胡须间绽开，还漾着沁人的酒香……

# 茵陈又绿时

母亲坐在院子里，佝着背，埋着头，眼睛盯着手，手不停地忙活着，她脚下是刚从地里挖回来的茵陈。三月的阳光，和煦温暖，照在母亲身上，母亲的白发镀上了一层光亮，她手里的茵陈像一朵打了蔫儿的菊花，根部的尘土荡了起来，阳光下，尘粒无比清晰。母亲的手指渐渐染成了土色。

母亲在挑拣茵陈。她专注投入、一丝不苟，唯恐落下一片腐叶，唯恐掺杂进去一根草。她要把一部分做蒸饭，拌凉菜，剩余的洗净晾干，当茶喝。整整一个三月，她都在为茵陈忙活着。

她做这一切是为她唯一的儿子。我弟弟肝不好。

妹妹从药店买回茵陈，让弟弟泡水喝。母亲看到说，那不就是白蒿吗？乡下叫茵陈为白蒿。从此，母亲与茵陈的关系一下子密不可分了，它种在母亲心里，在春暖花开的三月就生根发芽，茂盛地长出来。以后每年的三月，挖茵陈、挑茵陈、做茵陈饭就成了母亲的头等大事。

母亲的三月，被茵陈填得满满当当。

阳春三月，天高阳满、万物复苏，家乡田间地头、沟沿河渠，就会长出茵陈。它叶为白绿，形似菊花，匍匐于地，混于杂草之中。这时，母亲就会拿了小铲，带了塑料袋，急慌慌地奔向田里。

可是，当看到母亲手里提着两袋茵陈回来时，我不这样想了。她背虽不佝偻，但看上去有些吃力，本不高的身材一下子矮下去很多，我突然感到她老了。岁月拿走了母亲的青春，包括她的身材。

我劝她，在药店买点就行了，何苦受那个罪。她说，哪有地里的新鲜？我又劝她，挖点就够了，没必要天天去。她固执地说，你懂啥？三月茵陈四月蒿，过了五月当柴烧。我无话，总觉她太固执。也就不再说什么了。母亲就这脾气，她认定的事，十头牛都拉不回来。年轻时是这样，老了，这锋芒也不曾收敛。

一日，父亲给我打来电话说母亲挖茵陈时把腰扭了，疼得地都下不了。我急忙赶回去，一进门，就看到母亲侧躺在炕上。看到我，要挣扎着起来，可刚一动，就疼得“哎哟——”叫了一声。我本来要说都是挖茵陈惹的祸，可话刚一出口，就被她呛了回来：“我挖我的，碍你啥事了?”然后对站在一旁的弟弟说：“再不喝，我就都倒掉。”母亲就这样，即使是爱，也这样咄咄逼人。她总是以自己的方式爱着我们，不管你能不能接受。

等腰好了的时候，母亲就又一头扎进“茵陈”里了。

挖茵陈，只是完成了第一步，挑拣茵陈才叫琐碎。根部的一些尘土碎毛，都要拣干净，老叶、腐叶都要一片片摘掉。母亲戴了老花镜，搬个凳子，一忙就是一下午。每次挑拣完了，她都艰难地站起来，双手搭在腰间，揉着腰，然后，摘下老花镜，揉揉眼，去完成下一道工序。

做蒸饭。母亲把挑拣好的茵陈，切碎、拌面、蒸熟，然后用鸡蛋大葱炒了吃。炒好后，就吆喝弟弟来吃，如果来得迟了，她就又开始絮叨：“别磨蹭，赶紧吃，凉了胃能受得了?”然后，不管我们喜不喜欢吃，都得吃，说什么，这东西好，有病治病，没病当养。我拗不过，就象征性地扒拉几口，她看到，就又嚷嚷开了：“怎么，比药还难吃?”直到你全部吃下为止。

更多的茵陈被母亲放在大笸箩里，摊开，在阳光下晾晒。等都干透，母亲便把它们放在塑料袋里储存起来。

在以后没茵陈可挖的日子里，茵陈也顽固地长在母亲的生活里。母亲天天要把茵陈用水煮沸，然后，调了蜂蜜，或者煮了大枣，让弟弟喝。喝，必须喝，由不得说不，也由不得你皱眉。弟弟不想听她嚷嚷，就喝，就一天不落地喝。

我不知道到底有没有用，但一年后，弟弟去检查，肝功能正常了。当然，也有药物的作用。

茵陈，小时候，在地里随处可见，永远一副匍匐的低矮姿态，并不起眼，也并不知道它有这般功能，更没想到，在母亲的后半生，它成为一个极其重要的词语，一直长在母亲的心里，盘踞在母亲的生活中。

母亲是把它种在心里了，一刻也没有忘记。前年，母亲的生日，我们在酒店吃过饭后，妹妹开车拉母亲和我去湿地公园，陪母亲转转。累了，我们坐在椅子上休息，我和妹妹聊天，一转眼，却不见了母亲，我们四下里找。突然，妹妹指着远处的土坡说："妈在那里！"

我顺着她手指的方向望去，那是一块土坡，上面绿油油一片，母亲埋着头蹲在那里，手在不停地忙活着。妹妹说："她准是又在挖茵陈了。"

是呀，再没有什么比茵陈更能占据母亲的心了，或者，它就是一朵花，在母亲的心里常开不败。

三月，家乡土地上，茵陈贴着地面，匍匐着。只要它们在，母亲的三月就有意义，母亲的日子就有意义。

当又一个三月到来，茵陈又绿时，我知道，母亲又该忙碌了……

# 我就是那个给你托底的人

“你别怕，当你往下掉的时候，我就是那个给你托底的人。”

绝望的时刻，都是黑暗，心就要落了！陈鹏的这句话，是黑暗里的明灯，高高悬挂，有光，有热，有力量。那力量又浩大又坚挺。它落在王敏佳的眼里，心里。王敏佳的绝望里开出了花朵。

陈鹏的那句话，声音不大，却重似千斤，快如箭，穿过屏幕，跨过历史，迅疾地射向整个影院。

一颗心再不能平静，感动、激奋和欣慰，就那么在我的心里荡漾、澎湃。

许多的眼光聚集，无声的赞叹，屏幕上下，光与光的融合，心与心的共鸣，在那么一瞬，完全重合。

为什么要去托底？因为下面都是黑，因为怕掉下来，因为心中有爱。

心中有爱，无问西东。

爱是厚实的力量，能托起希望；爱是铜墙铁壁，黑暗穿不透，冷也吹不垮。

头顶，日军的战机轰炸；地上，吴岭澜冒着危险坚持讲课。那可是把脑袋拴在裤腰带上的事。可他不在乎，他的心中有比这更在乎的。

教室外，是大雨；教室里，是小雨。雨能制造声音，却无法阻止一堂课的进行：专注的神态、淡定的面容。知识的光芒照亮了，照亮了。

那些雨声又算得了什么？我们要学，不停地学，青春才可以沸腾，祖国才可以强大。

祖国，那是多么慈祥而又温暖的词语。它憔悴，你就疼；它病了，你会痛。

饥饿的儿童，干瘪的胃口，绝望的眼神，被一位没有双腿的外国人用歌声喂养。歌声，是食粮，更是光。心里有了光，脸庞再黑又有什么关系？太没关系了。活下去，才是唯一的希望。那位残疾的外国人，为什么要那样做？心里装着爱的人，随处都想着要释放光明。

感动了。我的眼里有潮气在升腾。

沈光耀，富家子弟，投笔从戎，冒着被处罚的危险，在天空晃来晃去，投递食品，去救助，去赐暖，去送光。战斗中，他慷慨捐躯，殉身国难，用热血和勇敢谱写了芬芳的年华。有光在闪耀，走到哪里都将洒下一片光。

陈鹏，为了核的研究，身体受袭，头发脱落，可没有停下探索的脚步。面对背义、自私、懦弱的李想，他抛下一句话：愿死者安息，生者如斯。李想活着也不安心啊！沉重的十字架一直压着他，最后，为救张果果父母而牺牲。

张果果，遵从内心的召唤，舍弃利益，资助四胞胎家庭。

用爱去爱，世界就会充满爱。

一百年，四代人，没有血缘，但代代相承，都做了那个托底的人。

西南联大，国家的精英聚集地，民族希望的摇篮。南下，南下，为的是能躲避战乱，正常上课，可，这么个小小的愿望都满足不了。时局动荡，保命比什么都要紧啊！

可，他们不是。不是不爱命，是心里有更爱。

国家，战乱纷飞、动荡不安。难啊！那么难，都没落下来。下面有他们在举着呢。

谁说是微茫？

钱学森、梁思成、林徽因、沈从文、朱自清……屏幕上一闪而过的脸庞，撑起了脊梁。他们去了，并不等于就真的去了。你看，他们的心在科学的桂冠上绚烂，他们的风骨在建筑上坚挺，他们的灵魂在文字里舞动。

坐在屏幕前，我能听见他们在说，祖国，别怕！当你往下掉的时候，我们就是那个给你托底的人。他们嘴里没说，可心里却天天在说。

有他们，中国怕什么？什么都不怕了。不怕。

你看，悬崖边上的那棵树，下面是万丈深渊，还倾斜，多危险啊！可上面有阳光，有雨露，下面还有肥沃的土地，它向上、再向上，最后挺直了枝干，站成了一段传奇。

你再看那条小溪，在夏天的时候，以为就要晒干了，可突然下了一场透雨，小溪就又活了。后来，还流成了一种规模。

“爱你所爱，行你所行，听从你心，无问东西。”张果果的话一落，灯光哗地一亮，一场穿越结束，但，还有东西，在流淌……

结局呢？《无问西东》没说。无问西东，这样的留白好。结局怎么样重要吗？太不重要了，重要的是走过后留下了痕迹。

我的脸上有泪痕，她的脸上有泪痕，我知道，这电影院里的每个人脸上都有泪痕。还没来得及干透呢。

为什么你的眼里会有泪痕？

因为我对这片土地爱得深沉。

那一刻，有声音在我心里响起：孩子，你别怕！当你往下掉的时候，我就是那个给你托底的人。

因为，我是教师。

# 幸福，悬在窗口

在2018年的第一缕晨光里
一个江南女子端坐窗前
金色的希望
在白纸黑字里飞扬
悬起来吧，幸福的风铃

那个女子就是依然月牙，那本还带着编辑体温的书，就是她的第一本散文集《悬在窗口的幸福》。

月牙弯弯，清如水；月牙清清，亮似镜。

月牙，江南水一样清澈的月牙，江南秀色一样可人的月牙。灵秀、带着仙气，还风骨铮铮。月牙依然，清纯依然。爱字依然，坚持依然。

因为爱，与文字结缘；因为坚持，便有了文字的结集；因为清纯，才用文字绣出了时间的花。

用文字，绣时间的花，这是月牙一生的挚爱。

十年阅读，十年写作，不动摇、不放弃。在浮华世俗的社会里，保持着清纯的光芒；在喧嚣嘈杂的人世间，固守心中的宁静。十年了，终是以一本书的形式褒奖了她。同是默默的写作者，我深知其中的不易，也由衷为她高兴。

《悬在窗口的幸福》，月牙的新书，精装、硬壳、塑封。淡淡的绿、烟火的花，新年里的希望、春天的盛开。国家一级出版社，正式出版。精致，真的很精致！

年末的北方，冷在肆意。寒风里，围着一屋子的暖气，读月牙的书。那些文字静谧、跳跃，时而如春风拂面，时而如溪水迸溅。读之，似与生活握手言和，似与灵秀杯盏倾谈。那些烟火里的小温暖、小感动、小欢喜在缓缓叙述。

抒写低处，讴歌烟火，把目光放低，放低，低到尘埃里，然后，从尘埃里开出花来——生活琐碎、油盐酱醋、烟火俗世，人间静美。她都能用一双聪慧的眼洞察，用一颗敏感的心体悟、用个性化的文字呈现。让那些场景、那些山水、那些花草，那些人间情、俗常事，还有那些看似清淡却又无比浓烈的爱，徐徐展开。

风过留痕。

“天青色、烟雨来。一泓湖，一座城。谁在流连，谁在歌颂，谁在风中念念不忘，遗世独立？”

“镜头中，柳树婀娜，附着柳树的笑，笑得一脸甜。”“站在那，樱花在左，海棠在右，柳树在侧，你成了画中人。”

雨中看湖，春天去走上城。她用眼睛捕捉着每一寸美，用脚步丈量着每一处景，然后，用文字摄录、保存和珍藏。走过，是要留下痕迹的。爱文字的女子，总是能用别样的方式把美留住，让刹那永恒。

把每一寸光阴过成良辰美景。

“厨房里，油烟四溅；阳台上，衣裳飘荡；书桌上，一杯绿茶，袅袅飘香。”

“他在阳台，叮叮当当地忙碌，一些声音在狭窄的空间跳跃回荡。他弯腰躬身的样子，像一弯蓄满柔光的月。”

日子在重复，生活在重复，幸福也在重复。那些带着灵气而又饱满的文字，把一颗容易满足和陶醉的心衬得亮晶晶。每一寸光阴都过成良辰美景了，那些幸福就会像花儿一样开放了。开放了！在文字的背后，我看到，那个叫月牙的女子，正笑意盈盈地走在江南水乡里。

记住每一个人对你的好。

“母亲的脸闪闪发光，笑容挂在脸上，整整一天，掉不下来。”

“这样的对话，在家里时时响起，俗世的喜悦，春天的花儿一般，一朵又一朵，小小的灶台，云遮雾绕，迷蒙的白气中，母亲的笑颜，若隐若现。”

她循着时间的经脉，去寻找亲情的味道，然后，用文字将它们制成糖浆，然后，将它们拉长，织成阳光，把温暖留住。记住每一个人对你的好，就是记住温暖，就是留住幸福。

满目春风梅花开。

“门很低，但太阳是明亮的/草在结它的种子/风在摇它的叶子”，当我读到顾城的诗时，我想到了月牙。在明亮的太阳下，她在看花，她和花，不说话，就那样站着，很美好。她不说话，可心早已汹涌澎湃了。

那些花色斑斓、阳光的吻痕，她都看见了；那些芬芳肆意、香气阵阵，她都闻见了；就连那些花瓣里叠着的隐喻、花茎里立着的风骨，她也看见了。

一个能把花看透的女子，一定是对花宠爱有加了。而一个能用花一样的文字表达花，能用美的文字表达美的女子，在这个世界上，真的是少之又少。

小众。小众，身在低处，精神之灯却悬在高处，明亮如昼，繁花似锦。

在这纷繁俗世里，我庆幸能读到这样干净的文字。庆幸遇到这样的女子：不染尘俗，不计名利，做着自己所爱，心存美好、善良和爱。

如果你愿意走近，也愿意静下心来去读这本散文集，你会发现俗世的美好，世间的可爱。

如果你遇到它，你就是遇到清澈、干净和美了。

如果你读到它，你就是在读一位有灵气、有才气的江南女子了：她端坐窗前，正用文字，绣时间的花。

那一刻，她的幸福，高高悬起。

相信，那一刻，你的幸福也会从繁杂中升腾，然后，悬起，那里是精神的窗口。

|第五辑|

# 忽而有了温度

# 樱灿醉三月

“初樱动时艳，擅藻灼辉芳，缃叶未开蕾，红花已发光。”那个南宋诗人王僧达，当年站在樱花树下，那艳丽和辉芳，那盛大和温婉，那隐秘的深情和绵延的气息，一定是让他醉了。

醉了，诗情不能自已，便像这樱花，要盛开了，拦都拦不住，潮水一样汹涌，浪花一样澎湃了。

醉了的何止是诗人，还有春风明月，蝴蝶蜜蜂以及眼前的赏花人。

你看，那樱花有着娇俏的朵，柔嫩的瓣，满脸青春的水色向外溢。那酒樽一般的杯盏里，漾着醉人的涟漪。人看到会不由得把嘴凑了过去的。不由得。

那樱花灿灿地开，霸气地开，不管不顾地开，一直开到有光的地方，是要撞破天吗？是要用这浩大的盛开和庄重的仪式来迎接春吗？满枝、满树都是，不见叶，唯有花。满眼的花，满鼻的香，满耳都是花开的声音、蜜蜂嗡嗡叫着的声音、蝴蝶扇动翅膀的声音，还有人们发出的啧啧称赞声。

再往上看，天湛蓝又清澈，干净又透明，薄云轻轻飘，小鸟慢慢飞。远处，有飞机留下的长长尾烟，像吹响了春天的号叫，还有几只风筝在天空里飘着，又随意又自由。樱花印在天空，用灿烂传达春的信息，空气里的春色加重，春意盎然。

人在树下，花在人上。这样的时候，人是要醉的，不醉就不太正常了。

醉了的还有一对恋人。男孩，正掐了一朵樱花，往女孩发髻里插，女孩垂着一根粗粗的麻花辫，脸红扑扑，羞答答。发辫上的樱花红艳艳，树上的樱花也红艳艳，女孩的心事也红艳艳。他们互相看着，并不说话，但一个眼神就已是千言万语了。空气里都是樱花的味道，春的味道，还有爱情的味道。

年轻真好！爱情也真好！樱花一样芬芳，春天一样醉人。

那日，冰心在日本赏樱花时，也醉了。醉了的她文思泉涌，才情泛滥，所以写下了醉人的文字："当曲折的山路被这无边的花云遮盖了的时候，我们就像坐在十一只首尾相接的轻舟之中，凌驾着骀荡的东风，两舷溅起哗哗的花浪，迅捷地向着初升的太阳前进！"

山蜿蜒，花逶迤，人在其中如驾小舟，似坐云端，那一定要醉了，要兴尽，方才罢啊！

春风吹来，樱花就是花海了。花海，花的海洋，密密匝匝，一浪一浪，起起伏伏，曲曲折折，还粉，那不就是一匹锦布等着春风的裁剪吗？风里有花瓣飘着，有香飘着，蝴蝶一样，雨一样，纷纷复纷纷，一波又一波，樱花雨，以色香蛊惑视觉和味觉，每一波都是美的抵达，每一浪都是视觉的盛宴。脚底呢，落英缤纷，薄薄一层，粉嘟嘟，像落满了蝴蝶，也似一块粉色的地毯，双脚小心翼翼，都不忍心踩呢！

花瓣会落在衣上，头上，甚至是眼睫毛上。生命的凋零，青春的陨落，就是一瞬间的事，那贴近人的樱花雨，会让人顿悟，会让人豁然，会让人自知、满足和珍惜。

月下赏樱花，那美，除了真切，还有朦胧和意境。月是天对夜的恩赐，有月的夜晚，就有了诗情和画意，如果月下有这满树的樱花，花下再坐着赏花人，对面是那个从画里走出来的老树，一杯清茶就着明月，兑了樱花，觥筹交错，浅斟慢酌，然后，再来两块樱花糕，院子里月色如积水空明，樱花影影绰绰，花香隐隐约约，赏花人如在画中，那是美得不要不要了。

又薄又婉的月色下，樱花就是一首朦胧的诗，又曼妙又神秘。

“从心动写到心颤/也只能写出它/三分之一不到的美好。”樱花的美，美到心颤，美到心醉，也美到跟美一样美。

日本的藤原良房面对樱花是如此感叹：“看到这样美丽的花，我就没有什么忧愁了。”这樱花，不但美眼，还能消愁啊！

就连《源氏物语》也说：“为何黄莺从万花中飞过，独停留于樱花处呢？”想想也是，桃花太过红艳，梨花太过素白，迎春花呢，又带着世俗的闪金。只有这樱花高雅纯洁，不媚俗，能留住黄莺飞翔的翅膀。樱花的美自然高于百花了，至少黄莺的眼中是这样的。

说起赏樱花，要数日本人了。阳春三月，和风送暖，寺庙公园、河川田野，绵长的樱花成林，粉红的春天飘扬，老老小小，倾城出动，来到樱花树下，喝酒唱歌，亦步亦舞。日本人是在以隆重和盛大来记录这春天的花事。在他们眼里，什么花都在樱花之下，樱花就是整个的春天。樱花是国花，赏樱花就成了日本的一种文化。

樱花，是粉的，浅粉、深粉，无论深浅，都是粉。樱花一定是粉的，像少女的心事，有着青春的莽撞和三月的温婉，也有着隐秘的深情和无以名状的甜蜜。你看，无风时她浅笑巧媚；风来时，她一脸羞涩跟风述说自己的心事。

“山樱如美人，红颜易消歇。”可惜，樱花在三月只能停留短短七天，就凋零，就落了。七天，一年的等待只为了这七天的盛开。“无可奈何花落去”，春正上涨，而它却要落下，这，确实令人伤感。

《血凝》中的幸子，就是樱花一样的女子。两颗虎牙，深深酒窝，甜甜笑，又粉又纯，亭亭玉立，分明就是春风里的一树樱花。那是绽放在八十年代的樱花，绽放在春天里的樱花。青春在她的身上曾闪耀着活力四射的光芒。可惜，生命就像这樱花一样，说凋零就凋零了，说落就落了。谁又能阻挡住病魔的逼近？

幸子是落了，但她青春的芬芳依然活着，活在那个时代，活在我们心中，就如樱花的美艳，在每年的三月里必然要盛开。生命的长短固然重要，但走过要留下痕迹，一样重要。

三月里，樱花要盛开了。早听说，日本的樱花享誉天下，可惜我没有去过。也听说安徽长丰的樱花壮观而盛大，我是要去看一看的。那该是什么样子呢？一定是：

“樱花烂漫的时节，望去确也像绯红的轻云……”

那时，华枝春满，花朵灿烂，花下的赏花人，被花拥着，被香煨着，那感觉一定是要醉了的。

# 忽而有了温度

立，带着动感；春，看着就温暖。立春节气一到，春就拉开了序幕。

虽是春了，但北方的小城，这个时候，冬还没有彻底瓦解。窗外，树还伸着刚劲的枝，花还未打上朵，地也还没与春真正和解。但春到底是不可遏制的力量。你看，太阳有了自己的锋芒，它会让你觉得，春天正在积蓄力量，正在长。

正午，一天中最温柔的时刻，公园里，有老人在遛鸟。鸟在笼里叽叽喳喳，阳光在鸟身上蹦蹦跳跳，鸟鸣散开来，阳光散开来，老人脸上的皱纹也在缓缓展开。这时的公园，真好！

立春，就养几只鸟吧！譬如鹦鹉、譬如画眉，再譬如相思鸟。添喜、解闷，日子就冷却不了，就掉不下来，就更红火热闹了，尤其是老人，大多喜欢大红快绿的日子、喜欢气象万千的烟火。越老越喜欢。

就养只相思鸟吧！

相思鸟，好看。羽毛鲜艳、绚丽，黄是底色，上面有银灰、大红、橘黄、金黄，它们协调地排列、组合、渗透，使得底色的黄若隐若现、忽明忽暗，很艺术。尤其是那喙，鲜红如丹；那眼，黢黑似墨。它们互相映衬，气质如斯，风华绝代、卓尔不群。

你看它在笼里，蹦蹦跳跳，忽上忽下，忽左忽右，轻快敏捷、姿态优美，又活泼又可爱，又天真又快乐，像天使，也像精灵。还时不时地啄一啄鸟笼，时不时理一理羽毛，时不时地叫上几声。

如果是两只呢，而且是一公一母，你就是养了一笼子的缠绵和蜜语。抚摸、拥抱、接吻，相依相偎，亲密无间在鸟笼里都会一幕一幕上演。每一个动作里都有柔情，每一个眼神里都流着蜜意。这是两只有故事的鸟。那一瞬，你一定会与繁忙的生活握手言和，也许还会想起一个人呢！

“微归—微归—微微归”“骨里—句，骨里—句”，扇动翅膀，耸竖体羽，发出清脆悦耳之声的，一定是雄鸟了，它那么殷勤，声音里都是力量和爱。雌鸟发出“吱吱”的声音，那回应里多少带了些娇嗔，仿佛在说：别叫了，我懂。有时，爱不必叽叽喳喳，一个眼神就足够。

听听，相思鸟的叫声多单调，多质朴，不婉不曲，直截了当，不及画眉婉转，更赶不上百灵悠扬。但这有什么关系呢？它有美啊！美是强大的力量，可以掩盖缺点，也能让人的眼睛里开出喜欢的光泽。

“相喙羽，互遮风，共枯荣。只知有你，罔顾红尘，懒觑芳丛。”这亲密无间，这缠绵温婉，这忠诚相守，这枯荣与共，实在令人震撼。我眼里只有你，只有你，红尘滚滚、天地茫茫，我懒得去看，懒得去管，你就是我的全部，全部。

相思鸟，用行动演绎爱情，用厮守传达爱的真谛。再惊天动地的表达，也不及平淡的陪伴。风花雪月是说给爱情听的，默默相伴才是用来过人家的。这隐喻，人是不是该摘取收藏？

我看着笼子里的相思鸟，感觉春光正从冬的缝隙里照过来。

我一直不明白的是，它们都这样耳鬓厮磨、形影不离了，为什么还相思，还叫相思鸟？

相思，才下眉头，却上心头，“日日思君不见君，共饮长江水。此水几时休？此恨何时已？只愿君心似我心，定不负相思意”。望断双眼还望不见，可心里还惊涛骇浪，人比黄花瘦，比黄花瘦了，还思，还念。

经历过生死考验的爱情，更懂得珍惜。难怪，双宿双飞，相依相偎。这满身的艳丽，这风华绝代的容颜，这小巧玲珑的身段，这超凡脱俗的气质，都是上天对它们的恩赐啊！

地上有相思红豆，空中有翩翩青鸟。难怪，诗词歌赋里，它们飞翔在平平仄仄的韵脚上，像起起伏伏的爱情，与时间缠缠绵绵，割不断。“轻声与君语，相思情长绵。”这轻声里都是爱怜，都是缠绵。“蓬山此去无多路，青鸟殷勤为探看。”离别总是难的，思念总是苦的，春蚕丝尽，蜡炬成灰，自己都憔悴得走样了，可还思念，还要把这饱满丰盈的思念托青鸟捎去。

春暖花开、莺歌燕舞之时，我多么渴望在公园里看到它们：湖水明亮、柳树成荫。天上，云朵飘成花儿；地上，行人走成闲适；树上，小鸟叽叽喳喳。两只相思鸟，在湖边，一只昂首凝立，一只用喙含起珍珠一样的水珠，为另一只梳理羽毛。空气里，遍布爱的气息……

可我一次也没看到。

当下，是立春时节，春天还没有完全把自己打开，到那时，会吗？这是我开在心中的一份期盼。我想，那湖边缠绵温暖的画面，也是笼中相思鸟的一份期盼。

阳台。茶。书。我守着两只相思鸟，坐在鸟鸣里，读着春天的文字，春正从我的脚下升起。

那一刻，琐碎的日月，忽而有了温度。

# 金光拨雾来

金光拨雾来。

极喜这几个字，有一种冲破一切的力量和一泻千里的气度。

遇到它们，是在晨光微显时。那金色的光，从远处，自天边，一大片地铺陈而来。金色的海洋，微微起伏；黄色的锦布，遍布光泽。这片湾地带了满身的贵气，在安静的动荡里，又饱满又自足，又明媚又欢快。

它们是菊，黑心金光菊。

心倒不黑，光却是金的。褐色的蕊，圆润而凸起；黄色的瓣，细长而舒展。金色的朵像杯盏，盛满光。向阳，向上，也向着美好，一副努力开放的姿势。香并不馥郁，袭击你的是那金色，汹涌而有力量，这样的时候，心里有晨的蓬勃在升起。

“行行无长物，粲粲只黄花。”说的就是它们。身体不在大小，璀璨便好。你看它们，不被宠溺，不被呵护，甚至被那么随意地丢在荒山僻野、河滩洼地，它们呢，才不管这些，不卑不亢，自顾自地开，倒也开出了自己的格局和天地。

乐观向阳而又自足，这是它们的光亮之处。每一朵花，都带着这样那样的光亮，它只给能看得见的眼睛。我庆幸这样的遇见，这样的看得见。

就这样静静地坐在它们身边，感受着它们传给我的爱意，以及饱满的力度。暗香，就那样飘过来，这芬芳的早晨，一场浓烈的情事就要展开。此刻，我用文字来写它，以记钟情。

以往，见得最多的是秋菊。秋日公园里，花盆中，一朵挨一朵地铺陈，一块接一块地拼接，像图案，又规矩又齐整。原野的花用来圈养，就像关在笼里的鸟，是束缚了手脚，捆绑了心的，看着好，总觉少了些什么。是开不出自然的清丽来的，也少了菊清高孤傲的气质。我不喜。

也见过《满城尽带黄金甲》里的菊，金色的菊，金色的光，遍布长安城，有倾城的气势和皇家的气派。那是张艺谋在用颜色铺排一种气场，又悲壮又严肃，又凄凉又宏大，带着随时揭竿而起的千古豪气和响彻天地的凌云壮志。这带了杀气的菊，我觉一点都不好。它们要是知道被这样安放在张艺谋的意念上，想必也是不乐意的。

相比之下，我觉林黛玉的那朵菊，要好。风骨里有个性，悲苦里有傲气。“孤标傲世偕谁隐，一样花开为底迟？”人不在多，知音，一个足够。相守在一起，心疏离，不如相离。一颗孤标傲世的心，始终落在心与心的默契、灵魂与灵魂的相融上。与宝玉过一种远离世俗、淡泊清雅的日子，能有自由通畅的呼吸，便是她一生的期盼。但，世上的一切事情总不能遂了人愿，有时，拼尽一生的努力抵不上一句话的分量。

我不知道张爱玲写没写过菊，但她晚年把自己活成了一朵菊。疏离人群，闭门谢客，多次搬家，为的是逃离人群，邻居发现她的尸体时，她已去了一周。我读到此处，心里湿湿的，都是水。一个只通过文字与世界交流的女子，一个被爱情丢弃的女子，一个清高孤傲的灵魂，就这样凋零了，又凄凉又悲苦，又孤独又凌厉。做菊做到这样逼仄和固执，是有让人痛到骨子里的疼的。

“菊，花之隐逸者也。”周敦颐最熟悉它们的秉性，低调而隐逸，便是它们的魂之所在。

古人中，能说出菊之魂的是周敦颐，能活出菊之魂的是陶渊明。陶渊明有官不做，有福不享，偏偏跑到乡野山脚，采菊东篱，隐居躬耕，做一介草民。这是对世俗的失望和挑战，也有对清苦冷落的接纳，这需要经历多大的舍弃和背负多少的不解啊。不解释了，田园的生活就是最生动的展开，归隐就是最钟情的选择。“子非鱼，安知鱼之乐？”一个把庄子思想咀嚼到骨子里的人，对快乐的认识也是高于一般人之上的。

其实，选择做隐逸的菊，就是一场酝酿已久的起义，加入进来的毕竟不多。

我是一凡夫俗子，做不了菊，抛不下红尘的烦琐和美好，舍不了世俗的热闹和温度。那就做一个赏菊人，站在它的旁边，感知它错落的声息，阔大的精神领域，和它汹涌蓬勃的力量，以及带给我的灵感和热度。

这也是一件再美好不过的事。

一直错把它们当作向日葵。其实并不，它们没有向日葵的高大植株，也没有它们盘碗一样的阔朗，更得不到梵·高的垂青——将其做了色彩的堆叠和艺术的装饰。

它们只是一些低垂的存在。像这个早晨一样，是每个季节的一个过程。

在这过程里，我们刚好遇见。我还遇见了别的。他们是一对夫妻，五十多岁了，是奔着美来，男的扛着相机，女的穿着红裙，还有随行的刘姐，相同的气息相遇，就是一片光。他们摆各种姿势，做各种动作，快乐得像一只只自由的鸟。和菊一起笑，一起向阳，一起开放，一起发光。我比他们小，但他们对生活的热爱比我年轻。在他们面前，我更多的是，被感染。

他们是菊，金光菊。

在这个早晨，我就记住了一种花，菊，黑心金光菊。有这，足够，有这，这个早晨就有它存在的意义和价值。

感谢自然，让我有这样的遇见。

在那片拨雾而来的金光里，有我持续的诗意和对万物持有的温度。

# 笼中的画眉

立春节气已近尾声，正午的阳台被阳光煨着，春正在升腾。绿萝在阳光下晶莹剔透，绿莹莹的直逼人的眼，花儿们开得热烈，像燃烧的火焰，噼噼啪啪地宣告春的来临。叽叽喳喳的鸟鸣像金色的光线，纷纷落下。

那时，我正坐在阳台上读书。对面墙上挂着鸟笼，鸟笼里是一只画眉。

鸟笼，圆形、小巧，细竹有序排列，花纹雕刻精致，像灯笼，似宫殿。画眉在里面跳来跳去，忽上忽下，忽左忽右，轻快敏捷，活泼可爱，像春的使者。再加上清脆悦耳的鸣叫，会让你立刻感到：春天就在眼下。

尽管外面还是一片萧条：树还是瘦骨嶙峋，草还是衰败枯黄，风来时还是有呼呼的气势，街上行人的衣服也未曾减少。但此时坐在阳台里，确实有春天的感觉。这感觉，跟花草有关，跟阳光有关，跟画眉有关。

画眉的叫声就是好听。脆生生的，像小溪欢唱，似珠落玉盘。你正听得入迷，它又变成了行云流水、清风明月。这样时快时慢，起起伏伏，变来换去，像一段幽径，让人不由得跟了过去。它一唱一大段，段段精彩有韵味，曲曲荡气又回肠。最可贵的是，它还能学其他鸟鸣，难怪人们称它为“鸟类歌唱家”，难怪！

画眉。是个动词，女人味很重很浓的一个词语。清晨，一缕阳光洒下来，女子坐在光里，镜子里映着她俏丽的面容，纤纤笔锋勾勒细细弯眉，面如桃花，眉似黛。看到这个词语，那些脂粉味一股一股扑上来，扑上来。会让人想到杨贵妃的“白妆黑眉”、卓文君的“远山眉”，也会让人想到林黛玉的“似蹙非蹙罥烟眉，似喜非喜含情目”。

这“画眉”二字，也容易让人想起那个汉朝的张敞，他的妻子幼时眼角受伤，他每天，要先为妻子画好眉，然后再上朝。有人把这件事告诉汉宣帝，当汉宣帝问他时，他说：“闺房之乐，有甚于画眉者。”一个大男人，为妻画眉，还天天，还不苟，可他乐意，谁又能管得了呢？这小小之举，都是深情和厚爱啊！

可这不是画眉，是画眉鸟。这鸟，为什么叫画眉呢？一身棕黄色的羽毛，像一块锦缎般闪着光泽，顶冠到颈背一条淡黑的纵纹，水一般倾泻而下。楔形的尾羽，刚直而协调地延伸。黑色的眼睛像一粒珍珠炯炯有神，眼圈白而醒目，向着眼后延伸，成一道狭窄的眉纹，那眉纹，像一个横放着的“6”字，又显眼又俏丽。这又长又狭的眉毛，整齐漂亮，像画上去一样，故名画眉。这画眉配了这俏丽的鸟，又合宜又形象。

其他鸟哪里有什么眉毛？充其量也就一个眼晕。鹦鹉是眼上套了一个白环，麻雀的眼晕又淡又浅，完全可以忽略不计，而喜鹊，眼睛黑、眉毛黑，毛发黑，黑乎乎一片，潦潦草草，含糊不清。

当然，有这样具有个性、特质，棱角分明、整齐有序，却又不显呆板的眉，才配叫画眉。这样的鸟，才配叫画眉鸟。

画眉是东南沿海地区和太平洋诸岛屿的鸟，它还是广州市市鸟，不属于北方，它要在北方生活，也只能在笼子里了。

这在笼子里的鸟，主人是当宝贝一样地待，一样地爱。先来看看它的吃食：绿豆、小米炒至七成，磨粉，再加葡萄糖、鸡用土霉素粉，拌匀调好，冬天还要把绿豆换作黄豆，每次还要喂三条面包虫，一块黄香蕉、苹果或西红柿。除了给它吃的喝的，还要经常给它洗澡，还要经常带它出去遛弯，还要经常保持它笼子的干净。尤其是春天来了，还要预防寄生虫的侵害，要消毒，要杀虫。

我就想，如果把它放归森林，它不都得自己动手吗？草籽、野果、昆虫，逮什么吃什么，自己在落叶里翻啊翻，在树林里找啊找，从一个地方飞到另一个地方，如果找不到，还得饿肚子。在笼里待着多好！风吹不着、雨淋不住，猎物也侵扰不到。画眉该偷着乐了。

可它并不领情，并不。人为什么呀？这么一堆烦琐的事，这么耗时又费钱的，还不是为博它的清唱，为睹它的芳容？还不是老了当个伴儿，逗个乐吗？可它并不体恤人，你看，它刚进笼时，乱撞乱碰，头破血流也停不下来，还对着人又是叫又是瞪，一副宁死不屈的样儿，那意思是说：放我出去！放我！

这小鸟看着柔弱，其实风骨铮铮，性格刚烈得很。资料上载，画眉，生性雄烈，善斗爱洁，较难驯养。人们还就利用了它的这种好斗性格，把雄性鸟放在笼子里放之树林，树林里的画眉听了，都来鸣叫，人趁机捕获。可怜的鸟，怎么会知道这里暗藏陷阱？

立春了，不久就要春暖花开了，这个时候，如果画眉不在鸟笼里，那一定会在树林里。那时桃红柳绿，野花遍地，画眉鸟一定会自由自在地飞翔，一定会在林间跳来蹦去，也一定会轻梳纤眉，站在一米阳光里，舒展羽翼，唱出清丽婉转的曲子。

天空才是鸟儿的天堂，树林才是鸟儿的乐园。那一瞬我突然明白了画眉为什么宁愿凄风露宿，也不愿养尊处优，来做这“金丝雀”。

写到此处，我突然想起了欧阳修的《画眉》：

百啭千声随意移，
山花红紫树高低。
始知锁向金笼听，
不及林间自在啼。

欧阳修当时看到这画眉时，也一定顿悟了：百啭千声随意移，要随意，才会百啭千声。我没有听过树林中的画眉清唱，但，我想，自由的画眉，更能把歌声婉转得像水一样柔，像霞一样美，像月一样清。

身处笼中，心在云天。

站在立春这个节气的最后一缕晨光里，我读懂了笼中的画眉。

# 冬里，麻雀在匍匐守望

我走向许多地方

都不能离开

那片叽叽喳喳的寂静

在冰天雪地、寒气隆重里，我读顾城的诗，耳边有叽叽喳喳声传来。那声音挂在童年的树上，开出我远眺的眼光。

多少年了，我跟顾城一样，走不出那片叽叽喳喳的寂静。

季节走到冬至，万物凋敝、寒气袭人。鸟虫们都各找各的活路，迁徙的迁徙，隐匿的隐匿，只有一小部分留下来，心甘情愿地留下来。它们食破草、居陋檐、饮严霜、啜风寒。

麻雀，就这样留下来了。

麻雀，实在是不起眼的一种鸟，很草根。个小、体胖，还灰不溜秋的，褐色脊背、灰色肚皮，眼睛下是两块黑色的腮斑。喙短而粗，还微微向下弯曲，一双小黑豆似的眼睛，发着清冷孤寂的光芒。这三撇两捺的长相，与这删繁就简的季节倒也相称。

深冬，少了繁复和水分，盛大而凛冽的冷清，撑不起艳丽的舞动和婉转的歌唱。你看，孔雀的艳丽是在温暖里展开，黄莺的清脆是在阳光里婉转，就连一向恋家守居的燕子，也循着一缕阳光的路径飞走了……都走了，麻雀不走，就守着，又虔诚又坚定，又恋旧又深情。

这种匍匐的虔诚，唯大地的臣民才有。这多像我的父老乡亲！

选择留下，就是选择了清苦和孤寂，就是选择了素朴和凛冽。

有人说，冬天是麻雀的季节。这话不假，村落院间、枯枝电杆、田间地头，总有它们的身影，成群结队，在破草堆里，乱柴棵子里觅食嬉戏。散落院间，星星点点，像棋盘上落下的棋子；蹲居电线，起起伏伏，似跳跃于五线谱上的音符。如遇惊动，它们便闻风起舞，扑棱棱、齐刷刷地飞起，而后，又扑棱棱、齐刷刷地落地。又壮观又有气势，多有仪式感啊！

那时，我正坐在炕头上，趴在窗台上写作业。当看到这一幕时，我停下了笔。它们的声音穿过风，一路放歌：叽叽喳喳——叽叽喳喳——

说实在话，这声音，真跟歌不配，不曲不婉、不畅不舒，还聒噪喧嚣，尤其被这清冷的背景一衬，更显突兀和怪谲。

好在，它们不成天叫，只在晨曦里叫得欢。

早晨，太阳刚刚爬过墙头，晨曦微弱的光洒在屋檐上，坚硬的冬天多少软了些。麻雀们纷纷从窝里出来，一溜站着，迎了晨光梳理羽毛，灰色的羽毛在晨光里泛着温暖的光泽。接着，炊烟在空中走成云彩，接着，听到爷爷扫院的唰唰声。农家的一天在缓缓展开。

这素淡的画里，薄凉的背景下，有麻雀，也有寒冷推进的故事。

是深冬。几个孩子，穿了笨重的棉衣棉裤，攀梯到屋檐下，瓦楞上，墙洞里，掏鸟蛋，捉雏鸟。或者拿了弹弓，眯了眼睛，对准麻雀，“嗖”的一声，将弹丸飞将出去。于麻雀，弹丸的飞窜何不是另一种的寒冷？

墙角处，几个小脑袋聚集在一起，围着一堆火烤麻雀。清香飘满了院子，也妥帖了胃。多少年了，在那个几乎见不到肉星子的年代，那意犹未尽的啧啧声还一直在响。

飘飞的大雪封冻了麻雀们觅食的路径，大雪一停，天地就剩下白和静了，可麻雀们却迫不及待了，纷纷出动觅食。这是捕雀的最佳时机。扫空地、撒秕谷，支筛子，缚绳子，而后，牵着绳子的一端，躲在远处，噤声屏息，待麻雀下来啄食，便快速一拉绳索，麻雀便被罩住了。院子里，隔着久远的时光，传来了阵阵欢呼声。

我蹲在地上，一粒一粒地捡麻雀屎。母亲说，用它洗了手，冻裂的的缝隙会融合，想着母亲粗糙的手变得细润而有光，我便捡得更卖力了。想必，在母亲贫寒的记忆里，麻雀总是有着温度的。

难怪母亲说，麻雀是人里欢，有麻雀才旺相。

有谁见过人家鸟笼里养麻雀的？鸟笼属于金丝雀，衣食无忧属于那些娇贵的鸟。麻雀就是一副劳碌命，用自力更生、不辞劳作，托起生活的沉重。

可作为四害之一的麻雀，是庄稼的天敌，难怪乡下人叫它们“老家贼”。家贼难防啊！这里刚刚晾晒谷粒，那里就成群结队啄食；这里刚刚轰走一批，那里就又来一批。记忆里乡下的麻雀成群成堆，一浪一浪地作着短暂而低调的飞翔。

麻雀虽丑，却也入画。画它者，古有明初边文进、南宋佚名，今有悲鸿、大千、齐白石。寒雀图，要数宋朝的崔白最得麻雀之神韵了。寒冬里，黄昏的阳光带着薄凉照在一棵凸裸的树杈上，一群麻雀在古木上安栖入寐。三雀已栖息安眠，二雀乍来刚落脚跟，四雀呼应上下左右。静中有动，寒中渗暖。

这崔白，也想必在这瑟瑟寒风中，用了目光对麻雀做了一遍又一遍的描摹了。

如果说画家使用眼睛描摹，那作家就是在用灵魂歌唱了。

“我崇敬那只小小的英勇的鸟儿，我崇敬它那爱的冲动。”“爱，比死和死的恐惧更加强大。”屠格涅夫是在用灵魂歌颂一只老麻雀的母爱！眼看自己的孩子就要成了狗的口中食，才不管自己的死活呢！敌我悬殊又算得了什么？别伤害我的孩子！除了用声音搏斗，更要用力量和勇气。冲下去！冲下去！

那一刻，一只麻雀就代表了一种爱和力量。

老舍描写的是一只小麻雀，通篇的文字里都闪烁着一双黑豆似的眼睛，哀求、无奈、恐惧、对生的渴望和希冀，都被一个笼子圈住了。养尊处优不是哪种鸟儿都能享受，冰天雪地、寒风凄苦才是淬炼意志的熔炉。

麻雀死时是明白了，可有人不明白。

让一朵花开放，让两只虫相爱，让一群鸟儿清唱，大自然这样安排自有道理。麻雀懂得这点。所以它循着节气的路径，在寒气里，做着匍匐的守望和奋力的抗争。

就留下来吧！孤寂的节气更需要灵动的抚慰。哪怕是“破草屋檐饮严霜”呢！

可，最终，麻雀还是少了。

# 蛇，惊悚亦妖娆

我写下它时，怕！

大雪，冬季的第三个节气，仲冬的序幕就要拉开，万物潜藏，蛇冬眠。即使它们躲在幽深的洞里抱成一团，不会出来，但，我还是怕。

那水一般的软，彻骨的冰凉，闪着光亮的鳞片，妖娆的爬行，还有那长长的、细细的，火一样燃烧的信子，带着欲望的念，寒森森的，让人毛骨悚然，四肢发软。

少时。夏季。耳厢房里。红红的火苗舔着锅底，母亲和面，我拉风箱。“喳喳——”，麻雀的一声惊叫，冻住了我拉风箱的手，循声望去，房梁上，麻雀窝旁，一条绿色的蛇，吐着信子，一卷，一只麻雀就成了它口中之物。“长虫！”我惊呼，然后，夺门而逃，然后是一身冷汗。好久，我都不敢去耳厢房，总觉那里盘着一条蛇。

还记得一次，也是夏季，夕阳的光金子一样，在汾河的波光里跳跃，我跟秀香割猪草蹚水回家。“长虫！”我们几乎不约而同地叫出了声，一条灰色的蛇，吐着欲望的信子，正向我们在的方向游来。我们发疯一样地蹚到对岸，鞋也顾不得穿，撒腿就跑。回到家，气都喘不上来，魂也吓散了。后来，我再没有蹚过水，没有，一次也没有。总觉得，汾河里弥漫着鬼魅，有毒汁的荼蘼。

上学后，知道了农夫和蛇的故事，我更讨厌蛇了：忘恩负义、冷酷无情、蛇蝎心肠啊！怎么可以那样呢？农夫真不该救它，不该！

后来，我常做噩梦，梦里总盘着一条蛇，吐着信子，闪着欲望的念。醒来后，一身冷汗。

“长虫”，其实蛇并不是虫，是一种爬行动物。但在我们乡下，大家都这么叫。这叫法好，长虫，又形象又草根，带着家乡的气息和味道。

蛇，无脚无手，也无耳孔，只有长长的身体，和油腻腻的鳞片。三角形的头上，挂着两只灯笼般的眼睛，那个一吐一吐的信子，那么红，像霍霍燃烧的火焰，随时都会把你卷入。还冷血，彻骨的冷，黏糊糊的冷，冷得让人战栗。

所以，我怕蛇！一提到蛇，就心惊胆战。蛇在十一月下旬开始不吃不喝，也不蜕皮，然后冬眠。冬眠的蛇，常常群集在干燥的洞穴，或者树洞。因为见不到蛇，甚至见不到散在田野里的蛇皮，我因此而喜欢冬天，这强劲的冷风，瞬间把植于我内心的惊悸吹散。

其实，蛇并不是故意伤害人。人路过它，但人不知要路过它，只知道是路过草或者其他，可它呢，以为是要伤害它呢，再加上人见到它时的惊叫、张皇，甚至一些自卫的举动。人“打草惊蛇”了，蛇自卫，当然要咬人了，这一咬，毒汁一放，人丧命的危险都有。

爷爷说，你在路上见了它，就绕开它，它是不会主动袭击你的，除非离你很近，且有袭击它的举动。尤其是那种响尾蛇，见人后，会不停地摇尾巴，那是在警告你：千万别伤害我，否则我不客气了。

后来，读到觉小墨的诗：

它不过是一弯寂寞

若它出现在

你的梦中

不必慌张

它无意打扰，只是路过

不是故意，只是路过。心里的畏惧，似乎减弱了一些。但改变不了对原始的恐惧，梦中还会有那鬼魅的爬行、血腥的信子、妖娆的扭动、瘆人的冰凉……

我问爷爷，蛇就没有怕的吗？爷爷说，有！雄黄酒。

难怪，《白蛇传》里那个美若天仙的白素贞，喝了法海设的陷阱——雄黄酒，就现了蛇身。许仙一见，身体一仰，头挨地，吓得死了过去。而钟情的蛇精还冒着生命危险去深山盗灵芝，救许仙。蛇，千年修炼成精，成精，多不容易，千年的等待，就为来这世上，跟许仙发生一场惊天动地的爱情。都被压在雷峰塔下了，还咿咿呀呀地唱："我无悔啊……"真是痴情啊！而那个许仙就是帮凶，糊涂的许仙、薄情的许仙。"它把你的梦境衔了来/像一只绯红的花朵。"而你却……那一瞬，对蛇的惧怕，土崩瓦解，甚至我在心里千百遍地叫：来吧来吧！我没有雄黄酒。

但，只是那一瞬，过后，谈起蛇我还是会色变，会胆战。哪怕是儿时在田地里遇见蛇皮呢！

遇见蛇皮不要紧，如果亲见蛇在蜕皮，那可就晦气了。爷爷说："见到蛇蜕皮，不死脱层皮"，还说，如果遇见，那赶紧捂眼睛。我还真没遇见，这也是我儿时值得庆幸的一件事了。不过，很少有人遇到，蛇蜕皮是要躲在安全的地方的。蛇精，精得很呢！

蛇皮，是蛇蜕下来的，就像人把袜子从脚掌褪出。这是它们的习性，每隔一段都要换，一直换，直到生命的结束。蛇这样爱美，难怪叫"美女蛇"了。除了爱美，更是为了延长寿命。蜕下的皮里有好多的寄生虫呢。

也有不怕蛇的。

摩尔根在《古代社会》中说，美洲印第安人，9 个部落氏族，把蛇作为图腾膜拜；更有甚者，澳洲的原始部落，还举行蛇图腾崇拜仪式：把人身涂成蛇身，然后，扭动腰肢，妩媚、狂热、缤纷，原始森林的气息、热带雨林的暧昧，要命的神秘，袭人的魅惑，在缠绕、散布、蔓延。再现，是因了崇拜；模仿，是渴望赐福。

蛇沿着历史的路径逶迤而来，唐诗宋词映照着它曼妙的舞姿、咄咄的气势。“玉蛇踯躅流光卷。连珠合沓帘波远。花动见鱼行。红裳弦欲倾。”玉一样的蛇踯躅蜿蜒，再加花动鱼游、红裳翩，那迷人的景是要把人袭击了。而李贺笔下的蛇，就不是阳春白雪、花红柳绿了。看“山潭晚雾吟白鼍，竹蛇飞蠹射金沙。”黄家洞人好似白鼍晚吟、竹叶青蛇，趁其不备，来个偷袭，让敌军猝不及防，束手无策了。

但画家就不甚喜它了。唯张永全例外。他画蛇，各种蛇，或挠首弄姿，或妖娆爬行，或吐着信子，或盘旋静卧，都活灵活现地带着一种致命的冷气、原始的恐惧。令人战栗啊！我是断不敢把这样一幅画，挂于房间的。

但人们还是喜欢它的。你看，餐桌上，一条蛇，盘在盘中，那是不菲的价格啊！还有什么蛇膏、蛇药、蛇皮包。我爸爱喝酒，酒器里老盘着一条蛇。

“群蛇困巨象”。当我知道，它能一口把一头大象吞下时，我震惊，而后是顿悟：这大雪的天气，它一径入幽深，漫长的冬眠，它不吃不喝不动，还死不了，是靠了这巨大的食量、盛大的储备呀。

春暖花开之际，它会醒过来，大地上又有它逶迤的舞步了……

你万一梦到它时
千万啊，不要悚惧
从你那儿轻轻走过
它把你的梦境衔了
像一只绯红的花朵

听冯至先生的，你万一梦到，千万别再悚惧。它，并不可怕，像一只绯红的花朵，是人类永远的朋友。

# 蓝天里的悬挂

因为你的悬挂
蓝天便成了一幅壁画
天空的嗓子发不出声音
大地的表情一片肃杀

汪国真的这首诗好！尤其这“悬”字，把鹰的威武、力量和气势都写出来了，也把那肃杀的季节写出来了。寒风凛冽、空气冷彻，仿佛要把这最后一个节气吹透，冷飕飕、空荡荡的空中，只有这鹰在飞翔、在搏击。

多么勇敢的鸟啊！凄凉、寒风，怕什么？对抗、搏击。活下去，总会有春天。

这就是鹰。老鹰。长风浩荡、孑然独飞，用勇敢和力量开出蓝天般的广阔。汪国真站在寒风凛冽里，看鹰振翅翱翔、气冲云天，一定是惊心动魄了。一定。

凄风严寒中，本来留下来的就不多，还有那样贪恋天空，那样肆意舞动，那样威风袭人的，真真是叫人敬佩。那浓烈的孤独和个性，又冷艳又凛冽。飞翔是一种力量，何况是在寒风中呢？是要把人心里的激动灼伤啊！

大寒的节气再冷，遇到老鹰这样凶猛啥都不怕的，也没什么办法了。

老鹰，性情凶猛，长得也凶猛，天生一副威武不屈相。喙弯曲、脚强健，爪子锐利似刀，两翼发达善飞，就连白居易都说“鹰翅疾如风，鹰爪利如锤”。不用说一飞起来空气都跟着跑，就是站立在那儿，都咄咄逼人，都威风凛凛。说它是“空中之王”，一点也不为过。

它的确是空中之王，尤其在这大寒的节气里。空中除了冷，除了风，就是空了。清冽的天空，像打了一层蜡，又光滑又明亮。鸟儿们大多都走了，留下来的鸟们能不出来就不出来了。可是鹰不怕。你看，它两翼完全打开，尾也完全打开，一会儿扇翅，一会儿滑翔，始终沿着直线飞翔，身体平衡如一，多整齐划一，有仪式感啊。在高高的空中振翅九霄，一去万里。再加上长而清脆的鸣叫，波澜壮阔、气宇轩昂，哪种飞禽能有如此浩大的声势？

这样勇猛雄健的鸟儿，要吃，当然是吃肉食了，比如鼠、蛇、野兔，比如飞鸟等，当然，还有一种贪恋尸体的，叫秃鹫。曾在电视里见过“天葬”的场面：一群秃鹫，箭一样冲下来，铺天盖地，啄食人的尸体，尖利的喙似钢刀，发着寒森森的光芒，茫茫草原寂静无声，只有秃鹫啄食的声音、风吹过经幡的声音、秃鹫孤绝瘆人的叫声，听得人胆战心惊、两股战战。

滴水成冰、呵气成雾，这样冷的天气还高傲飞翔的鸟，是喜欢挑战的，喜欢高空，也喜欢白天。又亮又高，没有足够的勇气是撑不起来的。栖息呢，还是要找僻静的山林、平整的地面吧，睡觉，就在悬崖岩石的缝隙里吧。这样更好。

有人说：“老鹰就是寒风中的旗帜，不在出发的路上，就在凯旋的途中。”

可谁知，这强劲孤傲的强悍背后，洒满了牺牲的血雨和奋斗的泪泉，得知鹰能活七十多岁，我震惊！得知它的褪羽过程，我更震惊！四十岁是老鹰的一道坎，老鹰的爪子老化至抓不住食物，喙又长又弯直抵胸脯，更致命的是沉重的翅膀、浓厚的羽毛让它就要失去翱翔能力了。翱翔，那是老鹰活着的骄傲；空中，那是老鹰灵魂的天堂。

是等死，还是要经历痛苦的蜕变？

一百五十天，在悬崖，不能飞翔，不停地用喙打击岩石，不停！鲜血直流了，也不停！——直到喙完全脱落。然后，静静等，等长出新喙；用新长出的喙把指甲一个个拔掉，然后，再等，等长出指甲；用新长出的指甲把羽毛一根根拔掉，然后，再等，五个月后，新的羽毛长出。鹰蜕化成青春的模样，返老还童。

一百五十天换来三十年，换来了新的轮回。青春的火焰，又能在蓝天上燃烧了。活着时有尊严，且能预知死亡，这在动物中也是少之又少了。

这勇敢和无畏，这格局和气势，带着最原始最天生的气概，令人敬佩。难怪苏轼喜欢，密州出猎时，要"左牵黄，右擎苍"了。千骑人马、锦帽貂裘，浩浩荡荡，杀气腾腾，席卷了平岗，也豪放了宋词。还有那个秦朝宰相李斯，面对肃杀的刑场，面对凛冽的召唤，人头都要落地了，还放歌长吟：牵黄犬，臂苍鹰，出上蔡东门……

李白写它"自有云霄万里高"；杜甫写它"杀气森森到幽朔"；白居易写它"鹰翅疾如风，鹰爪利如锤"，很多人都写它，它骄傲地翱翔在唐诗宋词里，昂扬的斗志、威猛的气质，冲破云霄的力量，吞得下千里江河的格局，从文字里飞出来了，飞出来了。读着这些文字会让人有一种莫名的激情和兴奋。

这激情和兴奋想必也在画家的心中千层浪万堆雪了，一定，不然，它的英姿怎么会频频出现于画卷？能经受住时间洪流的，自然不朽不腐。宋代的宋徽宗、李迪画它；明代的林良、吕纪画它；清代的八大山人画它。当然，徐悲鸿、齐白石、潘大寿、李苦禅都画它，且是画鹰的高手呢！

你看，徐悲鸿的画里，鹰满画卷。白绢布上，鹰或立于枝端，或悬于陡岩，或振翅翻云，或冲向九霄。哪一只都呼之欲出、栩栩如生，画布哪里能阻隔住要飞翔的翅膀？落笔的那一瞬，已经有了昂扬的生命了。

天灰白，云凄冷，一只老鹰带着几只小鹰在学飞翔。上升、下坠，回望，向前。它们矫健的身姿时而在“一”字里滑翔，时而在“品”字里盘旋。

乡村。小院。几个穿着笨重棉衣棉裤的孩子，一个拽着一个的后衣襟，牵成长长的队伍，队伍的前头是高个的石头，他腿长，臂长，他伸展的胳膊如一道屏障，足以护住后面的一群“小鸡”，带着我们忽东忽西，忽左忽右，在躲避“老鹰”的扑击。“老鹰”是铁蛋，他正站在“老鸡”的对面，面带凶光，一双机警的眼睛杀气腾腾，搜寻、钻空、猛扑。

一场老鹰捉小鸡的游戏，在贫瘠而丰饶的童年绽放。

一声凄冽的叫声，像一团冰从天空抛下来，砸在了小院，游戏戛然而止。几双天真的眼里，掠过惊恐，而后化作了一声声惊喜的呼喊：老鹰！老鹰来了！

多少年了，这一幕，依然以不变的声色，多次与我的记忆重合。

多么希望，在寒风凛冽的深冬里，我站在小院抬头仰望时，在灰色的天空里有飞翔着的鹰。可是，我再也没有见到。

故乡的天空，少了鹰的飞翔，就是少了血液的流动；故乡的天空，少了鹰的鸣叫，就是少了又一种语言。

这，让人遗憾！

# 紫燕，剪春分

节气走到春分，杨柳依依、莺歌燕舞、小麦拔节、油菜花香，风筝也开始漫天地飘飞。

春分三候："一候元鸟至，二候雷乃发声，三候始电。"这个时候，南飞越冬的燕子，在雷声的召唤下，在闪电的指引下，正循着一缕春光的路径，返回故乡。

北方的故乡。小院。一早，春光就铺满了院子。

三奶在院子里扬撒完最后一把谷粒，看着鸡们捣蒜似的啄食完，拍拍衣上的尘，正要往堂屋里走，忽然，她抬头看看天，太阳像刚出锅的烙饼，冒着一股热气儿，她又看看院子，柳树像青涩的兵娃子，透着一股勃勃劲儿。然后，她用一双浑浊的眼望向南方，喃喃地说，阳暖了，树绿了，燕子该回来了！渴盼像春光，在三奶的脸上肆意成流。

燕子像三奶失散多年的娃儿，牢牢地系在三奶的心尖上。

堂屋梁上的窝还在，土色，皿形，像一只粗瓷碗，也像三奶刚刚蒸好出笼的倒扣下来的高粱面窝头，上面落满了时间的尘埃，落满了春天的阳光，也落满了三奶的眼光。门上方有个洞，那是三奶为燕子留的门。

燕子是屋子里的另一群居民。这特殊的优待，这不掺杂质的信任，这牵肠挂肚的惦记，不是哪一种鸟都能拥有。老虎比它猛，凤凰比它美，可它们谁敢大摇大摆、明目张胆地进出人家堂屋？对于燕子的这种本事，所有鸟虫都该低下去，低到尘埃里去。

乡下孩子，捉蜻蜓、逮蝴蝶、烧蚂蚱、烤麻雀，可没有一个孩子敢逮燕子，更没有一个敢把燕子大卸八块，不信试试，大人们会瞪圆眼珠唬你，或者拿起扫把打你。乡下的女孩有叫燕子的，但没听说有哪个孩子叫麻雀或者猫头鹰的。

燕子太讨人喜了。

“不傍豪门亲百姓”的燕子，多么恋旧的一种鸟啊！你看，时间一到，燕子就循着三奶的体味飞回来了，还是去年的那两只。一身黑色的燕尾服，脖子上还打着白色领结，那把剪刀似的尾，左右开剪，刷刷刷，剪碎寒，剪出暖，剪出斑斓的春，剪出五彩的花，也把三奶的笑容剪出了形。

燕子，迁徙鸟，秋末走，春天回。它们的这种迁徙习性跟气候有关。当第一股寒流就要来到时，燕子就南迁越冬，待到春暖花开之际，它又回到北方生活，算得上是鸟类中的游牧民族了。这种规律性的来去，不是它在北方待腻了而见异思迁，也不是南方的妩媚诱惑了它们。这不是燕子的秉性，燕子是一种朴实的鸟，骨子里长着根怀旧的藤。实在是北方冬天天寒地冻，空中再没有可供它们果腹的蚊、蝇等虫之类了，那怎么办？为了生存，只好背井离乡，飞往南方。南方再好，那也是别人的故乡。这点恋旧情结，酷似游子。

“燕子不归春事晚，一汀烟雨杏花寒。”燕子是春的使者，是节气的播报员。三奶盼燕归，实际也是盼春回。

三奶看看院子里的燕子，眼睛高兴得眯成一条缝，脸上铺满了春光。她用慈爱的眼光一遍遍地抚摸着那两只燕子。那两只燕子看到三奶，也欢喜得很，在院子的上空，像两只迎风展翅的风筝，绕着绿柳红花飞，绕着一群鸡飞，也绕着三奶飞。天空蓝湛湛的，几丝云走成了炊烟，一院子都是阳光，都是鸟鸣。

累了，燕子就停在村街的电线杆上，远远望去，像爬在五线谱上的音符，春的乐曲就漫天漫地地飘散开来。天黑的时候，这两只燕子就飞到巢里，在梁间呢喃软语、耳鬓厮磨。煤油灯的光在黑暗里摇曳着，影子像摇篮，把两只燕子摇进了梦乡。炕上，传来三奶的呼噜声。

不久，三奶家又飞来两只燕子，一雌一雄，它们看到三奶一点也不认生，朝着三奶叽叽叫了几声，算是打了招呼。然后，就衔泥叼草，一趟一趟地，然后用唾液把泥草黏合，然后在里面又铺了软草、羽毛、破布之类的东西，只几天工夫，一个敦实舒服的窝就建在了屋檐下。那窝，又光滑又结实，又小巧又美观。

三奶看看堂屋里的燕子，又看看屋檐下的燕子，逢人就说，我家有两个燕窝，那神情就像有了天大的喜事，喜气铺了一脸，久久都没掉下来。秀秀奶撇着嘴说，看把你乐的。三奶说，那当然了，说明我家好呗！那说话的底气，明显地厚实了许多。

燕子，讨三奶的喜欢，讨很多乡下人的喜欢。当然也讨文人墨客的喜欢。

它们早早地就带着几缕墨香飞翔在《诗经》里："燕燕于飞，差池其羽。之子于归，远送于野。瞻望弗及，泣涕如雨。"一对心心相印的男女，却不能比翼双飞，她被搀上花轿，他站在一边，眼睁睁看着她成为别人的新娘，吹过她的风也吹过他，他的心里掀起了惆怅的浪和翻滚的疼。"思为双飞燕，衔泥巢君屋"则是他看到她纤纤玉手弹琴，而遐想，而憧憬——那比翼双飞之日该是春光无限、莺歌燕舞了。"燕尔新婚，如兄如弟"，那是一对卿卿我我、如胶似漆的幸福伉俪了。

除了爱情，文人墨客又赋予了它多种意象。

"莺莺燕燕春春，花花柳柳真真，事事风风韵韵"是在表达春色无限美：莺歌燕舞、花红柳绿。那事情呢，也应像春光一样风韵饱满、向荣赛阳。

“旧时王谢堂前燕，飞入寻常百姓家”，燕子依旧，屋主易人，昔日豪门贵族也会像野花一样凋零，会像风一般吹过。这多少带了诗人的嘲讽和不屑。

“我婿去重湖，临窗泣血书。殷勤凭燕翼，寄与薄情夫。”丈夫离家行贾湘中，数年不归，妻望眼欲穿，把家书系于燕足，夫见书，感泣而归。从此，女与夫双飞双栖。由悲转喜，这燕子功不可没啊！

从古诗词中走出，我想起了三奶，想起了老院。院子里，在三奶慈祥的目光里，一个小女孩，扎着羊角辫，头上的蝴蝶结一闪一闪，在又跳又唱：

小燕子，穿花衣
年年春天到这里
我问燕子你为啥来
燕子说，这里的春天最美丽

歌声在院子里久久回荡，也在我的童年里久久回荡……

歌声里飞着几只燕子，站着我的三奶，她的脸上铺了一层春光。

# 水暖，鸭先知

雨水，雨水代替雪。这个节气，雪和雨的分界，至此，雪收敛，雨纷纷。

我所在的小城，寒气是落下来了，风也温婉了许多，阳也饱满了一些，但还不到柳绿花开之时。雪虽不见了，但雨还是秘而不宣。

对于干燥的北方，春雨一直在奔赴的路上。但不管是否有雨可下，在渐渐升腾起来的春里，一切都变得明媚起来。

“春江水暖鸭先知”，暖不暖，鸭先知。河，是鸭的天堂；鸭，是河的节气表。所有节气的秘密，都被它们一一破译。春气是有了，可水暖了吗？鸡们不敢用身去试，它们敢，春风一声召唤，它们就走来，扑簌簌，一些果敢和勇气，散在河中。

童年。故乡。初春。村南一条小河，弯弯曲曲，曲曲弯弯，自西向东地流淌。它像村姑的一条麻花辫，两岸的小村，像野花，左一个，右一个，插于它的发辫。两岸的绿稀薄而缥缈，似有似无、明明灭灭。岸上的民居，像一些棋子，零零星星地散落。小桥弯弯似花环，虔诚地连接着两岸。河里，是一群鸭子，岸边站着放鸭的二丑，他的手里握着一柄长长的竹竿。

初春，正午的阳光饱满而透亮，像一颗熟透了的橘子，水面上波光粼粼，金色跳跃，白鸭们更白了，黑鸭也更黑了。一群鸭，在水里漫游、嬉戏和觅食，它们时不时地用喙啄啄羽毛，时不时地用翅膀拍打水面，时不时地嘎嘎叫上几声，还不时地把簸箕一样的扁嘴嵌入水中，掀起阵阵水花。它们向前游着，身后漾起了一圈一圈的春波。

鸭，是开在水上的花朵，也是天空飘下来的云朵。

更多的时候，我坐在河岸上，看小河流淌，看鸭们游泳，看二丑在岸边拿了竹竿对鸭们指手画脚。那时，我觉二丑特神奇，像一名经验丰富的船工。甚至想，等我长他那么高，也要当放鸭倌。

夕阳下来，凉气也下来了，在一缕缕升起的炊烟里，二丑妈的呼叫声起起伏伏，像夕阳一样洒在河面上。二丑一面吆喝着，一面用竹竿拨动水面，溅起了阵阵水花，那些鸭纷纷上岸，像一片飘落下来的云，铺散在岸上。它们就迈着慵懒的步态，循着窝棚的气息，摇摇摆摆，摆摆摇摇而去。

它们走起来真是憨态可掬，那样子会让人想起企鹅，也会让人想起孕妇。它们伸长脖颈，嘎嘎叫着，意气风发，一副凯旋的模样。是要用这傲然盛气来明媚农家粗朴的日月吗？

小河。鸭。放鸭的少年。这些画面旖旎、明丽，有着春天的温度和油彩，在坚硬冰冷的城市里，足以绵延一个人的一生。

后来，二丑不再放鸭，后来，二丑出外打工，再后来，鸭没了，河也没了。

可是，我还清楚地记着鸭。

鸭，鸟纲，比鸡大，比鹅小，就连脖颈也比鹅短，嘴扁，且阔而大，眼睛像小黑豆，两腿居于身体后侧，爪子被蹼连接，像一面展开的扇子，而那爪子根根坚挺如扇骨。多亏这蹼，让它能在水中划来划去，自如游弋。

鸭，长相里带了股村姑的野蛮与泼辣。

“花鸭无泥滓，阶前每缓行。羽毛知独立，黑白太分明。”杜甫笔下的花鸭，黑白毛色，对比分明，卓尔不群，傲然于世，迈着优雅的步态，在阶前缓慢前行，一副大家闺秀的派头。鸭缓慢前行，我倒是见过，但这种花鸭我还真没见过，我家乡只有纯白和纯黑两种。

至于像“野鸭惊沙作对飞”“时有惊忙小鸭飞”的情景，我也只在诗词歌赋里遇见。不能亲见，终是憾事。只是想，群鸭惊飞，哗啦啦，齐刷刷，那场面该多有仪式感和气势啊！

有翅不能飞，有力使不上，是家鸭的悲哀。可怜的家鸭注定与天空无缘，与飞翔断绝，这就够倒霉的了。更可悲的是，它们不能像喜鹊那样傲居树端，也不能像公鸡那样引吭高歌，更不能像燕子那样大摇大摆出入厅堂。

但，它们也不是一无是处。比如游泳，比如产蛋，再比如成为人类餐桌上的美味。

游泳，这是它们比鸡多的一项特技。鸭子游泳谈不上美观，但它们那扇子一样的蹼，像船桨，左一下，右一下，居然划开一道春天的通道，船一样穿过阻力，向着前方游去，身后，一圈又一圈的涟漪，像微笑，那可是河水给它的奖赏？

雨水节气，天气变暖，孩子们到哪里去？晋商公园的正午，春气饱满，天空如洗，阳光似金；湖中，波光粼粼，碧水莹莹，鸭子造型的船，一艘又一艘，载着天真，载着欢笑，也载着希望，向着春波处漫溯。

那些船，很小巧，大多是鸭子造型。为什么呢？是在夸鸭子的游泳本领吗？

鸭子，也给孤独的杜小康陪伴、安慰和勇气。杜小康，曹文轩笔下的少年。高高的芦苇荡、苍茫的天空、无边的孤独，像苦难的绳索勒着这个失学的小小少年。一群鸭，是玩伴，是知己，形影不离跟着他，有苦了，找它们诉；有气了，向它们撒。狂风暴雨中，鸭群走散，杜小康失去方向，他疯狂找，拼命寻，在找到鸭子时，他抱着它们，哭了……

在孤独中，他和鸭子共成长。

“它们把嘴插在翅膀里，一副睡觉绝不让主人操心的样子。有时，它们会将头从翅膀里拔出，看一眼船上的主人。知道一老一小都还在船上，才又将头重新插回翅膀里。”

这样传神的描写，想必曹文轩是把鸭的样子，种在心里了。没准儿，他小时候村里也有放鸭倌，或者也许他自己就是放鸭倌呢！

我小时，最喜欢画的简笔画就是鸭，从翅到脖到嘴再到脚，一笔贯通，一气呵成。老师夸我画得像，我说，看得多呗。

雨水节气，我多么希望，在北方的天空里，飘来如丝如缕的春雨。雨水里，映照着那个宋朝的苏轼，他站在历史的河边，对着泛着春光的碧波，用铿锵的声音朗读着：竹外桃花三两枝，春江水暖鸭先知。

在春光里，他豪放的情怀也将变得柔软起来。

我看一眼天空，看一眼小城，说，不久春雨就会来临，那个时候，小城也会变得柔软。

# 蝉声，蝉声

大暑一到，热就漫天漫地地下来了。

聒噪的蝉声像膨胀了的热气，四下里扬。隔壁三奶把手搭在额头，用她眯成柳叶样的小眼，看着那棵院子里的大柳树，捕捉着蝉声。三奶喜欢蝉声，觉得它比王爱爱的唱腔还要婉转几分。三奶说，蝉声是被大暑天的热给拉长的。

爷爷却不这样认为，爷爷讨厌蝉声，觉得它聒噪难缠，赶也赶不走，常常扰乱了他的午觉。

正午。院子里。枣树下的凉席上，爷爷光着膀子，在树的影子里打盹。蒲扇，横在爷爷的手边，延续着扇动的姿势。爷爷的脸上挂着汗，像露珠，在颤。爷爷胸脯上也有两道汗，像小河，在淌。

爷爷的呼噜声响起来了，一起一伏，在寂静的院子里，分外响。

这个时候，突然从树上传来“知了——知了——”的叫声，一阵紧似一阵，高昂，激越，像那些明晃晃的光线一样，热烈着。更像一阵热风，加速了太阳的燃烧。

爷爷醒了，坐起，骂着“我让你叫”，随手拿起鞋，朝着柳树砸去，柳枝颤动，砸落了一些树叶，却没能砸断蝉声。

蝉声聒噪，杂乱无章，是砸不乱的，却搅乱了爷爷的觉，搅乱了院子的静，也把大暑搅沸了。

天气，在中伏前后，一年中最热之时。酷热难当之际，耳边有了这拂不去的鸣叫，这，多少让我生厌。

殷代甲骨文的“夏”字，是以蝉的形象为依据的象形字。可见，人们很早时候，就把蝉和夏联系起来。蝉的鸣叫，就预示着夏的开始。

蝉，高居树端，欢叫鸣唱，从立夏一直叫到立秋，天越热，越卖力。有时，我想，它为什么那样钟情大暑？

蝉，在地底下，黑暗中，要积蓄几年甚至几十年的力量，经过痛苦的煎熬、漫长的等待，为的就是这怒放着的暑天。立夏一到，它就蜕壳化羽，放歌而唱，大暑一过，它的生命也就画上句号。庄子在《逍遥游》里有记载：“蟪蛄不知春秋。”蟪蛄就是蝉。只看到夏的蝉，自然要拼尽了力，憋足了劲唱了。

长久的积蓄，漫长的等待，只为这炽热的抒情。

这些，是我读了书后的事了。我知道了这些时，再听蝉声，尽管没有朱熹“高蝉多远韵，茂树有余音”的蔓延韵味，至少不那么厌了。

我对大暑这个节气的感知，最先来自蝉。倒不是我喜欢蝉声，而是惦记那些蝉事。

天热，母亲是不让出门的。我只好小施计谋，装睡，看母亲睡熟，就蹑手蹑脚风似的飘出去，把竹竿顶端箍一铁丝套，找到蜘蛛网，把铁丝套上缠满网，然后蹑了手脚，靠近树，趁蝉不备，朝蝉的身上迅速套去，毫无防备的蝉被死死粘住。它再怎么挣扎也逃不出一张网了。最后，把粘住的蝉，放入瓶中，几个小脑袋聚在一起玩。脑袋上的汗流成河，暑气在身上肆虐了，全不顾了，顾不了了。

蝉也蛮狡猾的，并不能次次满足我们捕获的欲望。扫兴之余，我们只好去捡拾蝉蜕。蝉蜕挂在树干上，躺在树底下，羽纱一样。这些无聊的事，我们并不想干，可是，三奶的声音像大暑天的一股凉风，牵着我们的脚。“好好捡，卖了买糖吃。”至于蝉蜕怎么解热镇静，怎么被药贩收购，跟我们无关，我们只惦记糖。那个年代，糖是稀罕物，因为糖，我们捡拾的节奏加快了许多。

我记住蝉，更是为了解馋。

墙根下，几个小脑袋围着一堆火，把穿着蝉的铁丝伸进火，蝉张牙舞爪，一顿噼里啪啦后，就闻到一股股香味，我嘴角就泛起了一股股涎水，让它入口已是迫不及待的事了。天热，又赶上缺吃少喝的年代，能有这美味可享，我自然高兴。一切快乐的事，时间再怎么发酵，都不会变质。

我的童年也因为有了蝉，而沸腾了，隔着时光看，还在冒着热气呢。

多年后，我住进了高楼，被架在半空中，再找蝉声时，我只看到了树梢。少了蝉声的大暑，像我现在工业化了的村庄，变得很不适应。这村庄已不是我的了。

总觉，有蝉声的夏天，才是完整的夏天，有蝉声的大暑，才是真正的大暑。

我一直纳闷，小小的蝉、薄薄的翼、短短的身、小小的嘴，却为什么能爆发出那么大的声音？也一直认为，它是用嘴歌唱。其实，并不。

读法布尔的《昆虫记》，知道了蝉是靠腹部的发音器唱歌的。它的发音器在腹部，像蒙上了一层鼓膜的大鼓，鼓膜受到震动就发出鸣叫，而且能轮流利用不同的声调激昂高歌。更为奇怪的是，雌蝉并不发声，雄蝉的响亮歌声，不是唱给同伴，也不是唱给自己，因为它压根就听不到。

那么，它是唱给谁呢？夏天，还是人类？“知了，知了”，它心里莫非知道了什么？岁月苦短，生命可贵，争分夺秒，不分早晚，鼓翼而歌，它是在提示我们珍惜生命，还是督促我们勤奋？

在我看来，这更是它对大暑的告白，对爱情的宣言。

某一日，我看到了齐白石的画作《蝉》，树荫掩映，在热烈明快、爽心夺目的红枝绿叶间，蝉跃然枝上，隔着纸，我仿佛听到了蝉声阵阵、如沸如乐。就仿佛看到了烈日炎炎，看到了烈日炎炎下的院子，想到了爷爷，想到家乡的大暑。齐白石，是把夏天和我的院子也一并画进去了。

蝉，已经是夏的一部分，已经是大暑的影子，也已经是我童年的一个意象了。

每一种昆虫都会钟情一个节气，就像每一朵花，会钟情不同的土质。想必，蝉是热恋着夏天，大暑更是它的梦中情人。漫长的等待，苦心的修炼，为的就是烈焰般的相聚。悲苦久了的呐喊，休眠后了的爆发，是带着惨烈的痛的。大暑，也用烈焰般的热情，按捺不住的激动，来迎它。

一场蝉与大暑的热恋，在我故乡的院子里沸沸扬扬了。

居高声自远，只是，这声音，在我离开故乡后，就再也远不起来了。

敲下这些字的时候，时值大暑，窗外，烈日燃烧，树还是那么高，却听不到蝉鸣，干巴巴的空气里，传来了大暑一声声幽怨的叹息……

# 乌鸦，乡村的符号

黄昏。枯藤。老树。

进入小寒的乡村静谧萧条，荒凉冷寂，像繁华落幕后的一声轻叹，滴下一颗悲凉的眼泪。此时，真冷，冷得有点惊天动地了。

几只乌鸦在空中盘旋，像黑色的风浪，飞转、俯冲，张牙舞爪、飞扬跋扈，光滑的天空，不祥纷纷飘落。“呱——呱——”声音凄凉嘶哑，干冷鬼魅、粗糙严厉，一声、两声，乱糟糟、阴森森，漫天漫地扯起来，仿佛要把村庄叫破。

听到叫声，人们的心揪紧了，担心黑色的预言上演，也担心悚然的不幸降临，于是，一股冷气从骨头上瞬间绽放、升腾和缠绕。

这噪噪的不祥之音来自乌鸦。

乌鸦，鸟纲鸦科，羽黑、脚黑，嘴也黑，故名乌鸦。羽毛倒也顺滑，两翼有绿光，闪闪烁烁，若隐若现，如涂了一层油般。瞳孔白色，像镶嵌了两粒珠子，被黑一衬，分外鲜明。脚如铁钩，嘴似钢刀，浑身黑黢黢。

乌鸦浑身上下为什么会黑黢黢？传说和童话说，乌鸦变黑罪魁祸首是火，比如太阳和金乌，比如格林童话中的玩煤等等。也有人推测，乌鸦喜食腐食，天长日久，身上不免就有了各种寄生虫和病菌，这时，就需要深色的羽毛来吸热，从而能使体表温度快速升高，以便杀死它们。传说童话也罢，推测也罢，总之我们看见的就是黑黢黢的乌鸦，这黑黢黢，再加上那噪噪的叫声，实在不招人待见，甚至让人避之唯恐不及。

《诗经·邶风·北风》有载：“莫赤匪狐，莫黑匪乌。”一个“匪”字，又嚣张又祸害，厌弃之情一股一股扑上来。“乌鸦头上过，无灾必有祸”，这谚语里，字字都是不祥，句句都是厌弃呀。

李商隐写它“于今腐草无萤火，终古垂杨有暮鸦”。秦观也写它“斜阳外，寒鸦万点，流水绕孤村”。鸦本乌，还身在暮，再着一“寒”字，一股凉飕飕的感觉啊！马致远的“枯藤老树昏鸦”更是把它推在断肠的疼痛里，多少年来，这疼痛掉不下来。

《红楼梦》里也说“天下老鸹一般黑，哪有两样的”。就连秦兆阳在《幸福》里描写人的邋遢不堪时，也说“头像老鸹窝，手像鹰爪子”。这老鸹，在文学作品里真真是难看，就连隐喻也都涂满了黑色，充斥着嫌弃。

黄昏里，一群乌鸦，黑压压一片，像黑色的风暴，在村落的上空盘旋飞舞。它们抖动身体，黑色的羽毛被风推动，形成黑色的阴郁。呱呱，粗糙不婉的噪噪叫声，像在演奏黑色的音乐。乡下的孩子们看到，用树枝驱赶，并从地下捡起石头狠狠地掷向它们，跺着脚，嘴里还不住地痛骂“该死的老鸹！我让你叫”，并“呸呸呸”，连吐几口唾沫，以消晦气，来淹不测。

这乌鸦噪噪的叫声，多少年了，缠绕在乡下和人们的意念里，像幽魂，散不了。

乌鸦就这样被一块黑罩住了，它用一生的时间都没有将这块黑化开，为自己平反。其实，这黑，很多时候，都是人们涂上去的，你看，它的光环在那些黑中闪啊闪呢。

立冬了，乡下一副素枯凋敝、死气沉沉的面孔，实在压抑。这时，寒森森的天空，有黑色的舞动，它们抖动着翅膀，风一样勇敢，用刚劲的风骨在书写狂热的草书。那呱呱的叫声，粗糙，却也凶悍，像一种力量划破这干冷的寂静。加上黄昏里袅袅升起的炊烟，鸡鸭进窝的剪影，有生机和活力进入垂暮之中。而这个时候，大多数艳丽的鸟儿在南方的最后一缕夕阳里，渐渐进入梦乡。

它们留下来了，从立冬开始，就要与漫漫冬季相伴，就要与凄冷苦寒相守，有这样胸襟的鸟也就那么几种。从这个角度看，乌鸦是勇敢的，也是忠诚的，对抗着寒冷，恋守着家园。这勇敢，这忠诚，是从那片黑上照来的光啊。

我们先来看它的吃食，夏季，它们主食农业害虫，冬季，它们啄食地下的虫，还有散落在田间的谷物。只在春秋两季啄食农作物。综合来看，功过参半，也不能说是完全意义上的害鸟了。

寒冬里，孤寂中，它们总是成群结队，或停驻树端，或展翅高空，浩浩荡荡，俨然是一个整齐划一的集体，和谐有序、团结友爱，点缀了黄昏的天空，灵动了冬天的乡村，也用某种隐喻拨动了人们的心弦。

翻开记忆，也有金色的光芒属于乌鸦：一个孩童，试图接近悬挂高枝的鸟巢，乌鸦发现，将碎枝纷纷抛下，袭击敌人，保护孩子；传说努尔哈赤少年时兵败被追杀，情急之下，他迅速爬到树上，躲在茂密的枝叶间，一群乌鸦飞来，团团围住他，追兵没有发现，努尔哈赤获救。

《乌鸦喝水》中那只聪明的乌鸦，曾经明媚了多少孩子的目光啊！

王昌龄有诗云："玉颜不及寒鸦色，犹带昭阳日影来。"一群寒鸦，呱呱叫着从昭阳殿那边飞来，唱着欢歌，展着羽翼，宫女仰头看到，满脸羡慕，寒鸦能日沐朝阳，夕映彩霞，而自己却只能看着日升日落，空惆怅。

小寒，西北风将乡村推入了荒凉。窑洞像冬天的呼吸，新燃的炊烟，在天空勾勒黄昏的意境，村边的枯树上，鸟巢像一些风华绝代的寂寞，那些乌鸦就立在枯枝上，不时发着呱呱的叫声，在叫声里，乡村走进黑夜。

当黎明来临时，乌鸦醒来，迎着北方冬天的一缕晨光，开始了新的一天。

有时，我想，如果北方的寒冬里，缺少了乌鸦的点缀，缺少了乌鸦呱呱的叫声，那北方的冬天，不是会更寡淡和无趣吗？

# 荷不辜负

夏越来越浓，热越来越重，荷，迎来自己最灿烂的年华，这时，去赏荷，恰恰好。

金色的光线，瓦蓝的天空，静谧的湖水，还有河边的绿植，以及抒情的蝉声，一起为荷的出场搭建了舞台，又隆重又明媚，又热烈又阔大。

荷不辜负。

你看，它们多投入，撑起了绿色的裙，站直了娉婷的身，露出了涩涩的羞，只等清风一来，便要翩翩起舞了。那静谧的铺陈里，有撞到天边的力量，有超凡脱俗的风骨，也有出淤泥而不染的圣洁。

荷梗长，直，不蔓，也不枝，是需要怎样的一种风骨，才能站成如此的一条直线？那茶碗一样的杯盏里，盛满了金色的光，漾着或红的霞，或白的云。灼灼艳艳，却不妖媚，素素淡淡，却不媚俗，没有哪种花能把分寸感拿捏得如此好。

一种干净而圣洁的气息，在湖面上氤氲、蔓延。这气息，圣洁如佛，厚重如墙，把世俗挡在了外面，是我想要的气息。我以低垂的姿态靠近，就像靠近一颗清高圣洁的灵魂，不敢出声，只想着和一枝荷彼此打开，交换一下气息，然后，染一身荷的香，然后，在这香里沉醉……

不摇香已乱，是柳恽用来说蔷薇的，我觉，用在荷的身上也恰当。那香味，是长了手脚、乘了风的，水面上，空气里，到处跑，还跑到我的发丝里，最后植入我皮肤的纹理了。就想，心里养着荷的人，身上一定有荷的味道了。

如果遇到微风，又恰在午后，一个人站在湖边，那简直就是在看一场盛大而又壮观的舞会了。绿色的浪，微微起伏；大摆的裙，翩翩舞动。而那袅娜的荷，如仙女，踩着风的步点，在摇曳起舞。这样的时候，你的一双眼睛，随便落在哪一处，都是落在美上。

这样的情景，也容易让人想起王昌龄。那一日，他一定是着了长袍，背了双手，站在岸边的，他是看到了这样的一幕：荷叶罗裙、芙蓉向脸、乱入池中，但，他闻歌始觉了。

我却没有，生于北方，长于北方的我，在北方粗犷的气息里，我能看见四季更迭的清晰轨迹，却缺席这样的生活场景，哪怕是我有强大而丰富的想象呢。莫名地，就羡慕起江南，可以有大片的荷，可以有繁忙的荷事，也可以有采莲的女子和采莲曲。

这样的场景，也容易让人想起李清照。那一日，日暮低垂，月光微现，她坐小舟，握双桨，摇啊摇，争渡，争渡，误入藕花深处，惊起一滩鸥鹭，却还未尽兴，一颗诗意盎然的心，多少年了，还在荷花上，荡啊荡……

是月夜，惊起了鸥鹭，也抚平了朱自清一颗不宁静的心。淡淡月色，田田荷叶，依依杨柳，幽幽如歌一般的清香，亲密如并肩的相守，薄薄的轻雾，斑驳的疏影，蝉声与蛙声的唱和，都能安妥一颗烦躁不安的心。看过了荷的眼，变得清澈了；走过了荷旁的脚，也不再沉重了。等朱自清走完荷塘回到家门口，一切都无声息了，无声息了。

烦躁里，在荷花跟前站一站、看一看，荷的圣洁便会爬满心房，那处子的眼神、匀称的呼吸，以及凉凉的质感，会让一颗夏一样纷繁的心安适宁静、清澈起来的。

心里养着荷的人，心就会静，心静了，就风清云淡，就见宠不狂、遇辱不悲了。“清心恍惚微香触”，心清了，便处处是花香了。

周敦颐心里是养着荷的。好多人都在写荷，描其态，摹其韵，写其风情，但没有一个人能把荷的风骨立得这样直，隔了好久的光阴，也不倒，只有周敦颐能。这样的风骨，如果没有人的力量，只凭几个文字是不会站得如此长久的。

周敦颐书屋旁有一溪，每至夏，荷叶翩翩，荷花婷婷，荷香袅袅，醉了季节，也醉了他。他极爱这荷，尤爱白荷，故取名为“濂溪先生”，我觉，“溪”是纪念，“濂”与“廉”谐音，是警示，更是照亮。荷，照见了他的洁身自好，照见了他的风骨，也照见了他的韵致。

我一直觉得，荷是水举出的灯盏，照亮着世俗，也是自然布设的一个隐喻，提醒着人们。

荷，是要长在淤泥里的，这鲜明的比照，让荷更超凡脱俗、圣洁无比。

张大千说，画荷最易亦最难，最易入手，亦最难得神韵，而张大千是得荷之魂，荷花被他抽筋去骨，只剩下魂了。你看，他画的荷，飘逸的荷叶，千姿百态；传神的墨香，疏淡有致；那荷叶、荷花，气势不凡，水墨淋漓，尤其是那荷梗，长而直，一笔到底，一气呵成，凝练而不滞，华美而不妖。他说，他是在书桌前，边走边画的。

他一定是把荷养在心里了，只有从心的根须上长出的荷，才会这样有魂，又宁静又惊鸿，又朴素又艳丽。

李白也是爱荷的，他给自己取号为“青莲居士”。“涉江玩秋水，爱此红蕖鲜。”浪漫如他，多情如他，面对荷，他是要省其曲折，而直抒胸臆了。“素手把芙蓉，虚步蹑太清。”这该是怎样的浪漫呢？一个大男人，手把芙蓉花，亦步亦趋，翩然起舞，不是爱到醉，是不会有此举动的。

我也尤喜荷，喜它的纯净无瑕，喜它的洁身自好。在纷杂的世俗里待久了，必然要染上一些俗气的，可荷却能“出淤泥而不染，濯清涟而不妖”，保持纯净，还不妖不媚，这需要多大的自律和克制呀！百花中，唯莲做到极致！

故，我给自己取笔名着一“菡”字，目的在于提醒、警示和自律。

唯愿，自己在这俗世里，活成一枝荷。